ARDIEN
SAGA
아르디엔
전기

FANTASY FRONTIER SPIRIT
인기영 판타지 장편 소설

아르디엔 전기 7

인기영 퓨전 판타지 소설

초판 1쇄 찍은 날 § 2014년 4월 23일
초판 1쇄 펴낸 날 § 2014년 4월 30일

지은이 § 인기영
펴낸이 § 서경석

편집부장 § 권태완
편집책임 § 이효남

펴낸곳 § 도서출판 청어람
등록번호 § 제387-1999-000006호
등록일자 § 1999. 5. 31
어람번호 § 제1-1843호

주소 § 경기도 부천시 원미구 부일로 483번길 40 서경B/D 3F (우) 420-822
전화 § 032-656-4452 팩스 § 032-656-4453
http://www.chungeoram.com
E-mail § chungeorambook@daum.net

ISBN 979-11-316-9008-6 04810
ISBN 978-89-251-3539-7 (세트)

ARDIEN SAGA

아르디엔 전기

FANTASY FRONTIER SPIRIT

인기영 판타지 장편 소설

도서출판 청어람

CONTENTS

Chapter 01
아르디엔 VS 아티모르

아르디엔 전기

파보츠가 내려다보이는 언덕.

본래 그곳은 푸른 초목이 만발한 아름다운 곳이었다.

그러나 하멜 후작가의 사람들과 이그드라엘 대륙 십존이 여덟 번의 전투를 벌이면서 폐허와 다름없이 변해버렸다.

현재 전적은 4대 4.

이제 아르디엔과 아티모르의 마지막 전투만이 남아 있었다.

만약 여기서 아티모르가 이긴다면 시합은 십존의 승리로 끝난다.

아티모르는 승리의 대가로 아르디엔의 목을 가져가기로 했다.

반대로 아르디엔이 이기면 아티모르의 목이 잘린다.

서로의 목숨을 걸고 벌이는 싸움이다.

때문에 전장으로 나선 아티모르를 바라보는 십존들의 시선이 무거웠다.

지금 이 순간만큼은 광기에만 사로잡힌 광제 모디안도, 모든 게 다 귀찮은 몽상마법사 가르틴도, 쾌락주의자 람까지도 평소와 달리 심각한 얼굴로 아티모르를 바라봤다.

"이기겠지?"

실리안의 물음은 십존 중 특별히 누군가를 향하고 있지 않았다.

"언제 지는 거 봤어? 이겨. 무조건 이겨."

학센이 강력하게 말했다.

하지만 그래서 더 불안하게 느껴졌다.

"근데… 쟤네들은 왜 저리 태연할까. 막 궁금해지게."

가르틴이 하멜 후작가의 사람들을 바라보며 중얼거렸다.

그에 다른 십존들의 시선도 일제히 하멜 후작가의 사람들에게 향했다.

흑제 일레인이 눈을 가늘게 떴다.

"전혀 긴장하고 있지 않아."

그들의 리더랄 수 있는 사람의 목숨이 걸린 싸움이었다. 한데 왜 저리도 평온해 보이는 것일까.

그때 라미안에게 치료를 받고 완벽히 회복한 케이아스가 큰 소리로 외쳤다.

"아르디엔! 마음 놓고 싸워! 지더라도 절대 네 목이 달아나는 일은 벌어지지 않을 거니까!"

이에 질세라 제피아도 한마디를 거들었다.

"내 목숨을 버리는 한이 있더라도 자네의 목은 내가 지키겠네."

크라임와 마리엘도 입을 열었다.

"하멜 후작님 덕분에 마리엘을 만날 수 있었습니다. 그리고 새로운 삶을 살게 됐습니다. 절대로 그냥 죽게 놔두지 않습니다."

"나도 마찬가지야."

마렉이 한 손으로 가슴을 쾅쾅 두들겼다.

"이 마렉! 용병왕이외다! 그라함 왕국 전역의 용병들이 다 내 밑에 있단 말이오! 그들이 전부 하멜 용병단이오! 만에 하나 하멜 후작 나으리가 해를 당하면, 내 반드시 복수할 테니 걱정 마시오!"

라미안이 아르디엔의 뒷모습을 보며 두 손을 꼭 끌어 모았다.

"늘 얘기해 왔지만, 전 아르디엔님을 믿어요."

페스토치가 울컥하는 감정에 눈물을 펑펑 쏟았다.

"하멜 후작님! 이기십시오! 절대로 이기십시오!"

마지막으로 디스토가 팔짱을 낀 자세로 나직이 읊조렸다.

"내가 인정한 사내가 이런 자리에서 죽으면 평생 원망할 겁니다."

저마다 아르디엔에게 한마디씩 하고 나서 다시 케이아스가 크게 소리쳤다.

"다들 그렇다니까 걱정하지 말고 싸워, 아르디엔! 우리가 절대 널 죽게 두지 않아!"

아르디엔의 입가에 미소가 맺혔다.

아티모르가 그런 아르디엔에게 말했다.

"좋은 동료들이군."

거대한 싸움을 목전에 두고 있는 상황에서 전혀 어울리지 않는 이야기였다.

하지만 아르디엔의 그 말을 아무렇지 않게 받아주었다.

"네 동료들 역시."

"내가 그대를 꺾게 된다면, 필시 그대의 동료들은 날 막아설 것 같소. 그리 되면 난 그대와 한 약속을 지키지 못하게 되오."

아티모르는 시합에서 이길 경우 아르디엔의 숨만 끊고, 동료들의 안전을 보장하겠다고 약속했었다.

하지만 아르디엔을 구하겠다고 덤벼들 경우에도 그 약속을 지킬 수 있을지는 미지수였다.

아르디엔이 그런 아티모르의 말에 픽 웃었다.

"쓸데없는 걱정이다."

"그렇소?"

아르디엔 왕가의 검 그랑벨을 강하게 쥐었다.

그러자 그랑벨에서 마스터급의 오러가 뿜어져 나왔다.

"내가 지는 일은 없을 테니."

아티모르의 보검 라우렌에도 오러가 솟구쳤다.

대치하고 선 두 사내에게서 감히 범접할 수 없는 기운이 흘러나왔다.

모두가 긴장하며 그들을 바라보았다.

그렇게 시간이 흘러갔다.

아르디엔과 아티모르는 한참 동안 손가락 하나 까딱 않았다. 그저 서로의 시선을 담담히 받아냈다. 하나 그 어떤 전투보다도 더욱 긴박했다.

소리 없는 전쟁이 이는 것 같았다.

후우우우웅.

한줄기 바람이 두 사람의 머리카락을 쓰다듬고 지나갔다.

동시에 아르디엔이 먼저 정적을 깨고 움직였다.

그의 신형이 튀어 나가는가 싶더니 갑자기 사라졌다. 그리고 아티모르의 지척에 나타나 검을 휘둘렀다.

끼이이이이잉!

아티모르가 이를 막아냈다.

마스터급의 오러가 맞부딪히며 무서운 충격파를 흘렸다.

두 사람 주변의 바닥이 쩍 갈라지며 꺼졌고 매서운 돌풍이 일었다.

라우렌이 그랑벨을 밀쳐냈다.

하지만 아티모르에게 반격의 기회는 주어지지 않았다. 그랑벨은 이내 그의 목을 노리며 날아들었다.

끼이잉!

라우렌이 또 한 차례 그랑벨의 날을 막았다.

연이어 아르디엔의 속사포 같은 공격이 이어졌다.

정확히 아티모르의 급소만을 노리고 날아드는 검이 매서웠다.

초절정 고수들의 싸움은 단 한 수로 승패가 갈리기도 한다.

아티모르는 모든 감각을 날카롭게 깨웠다. 그리고 폭풍처럼 몰아치는 공격들을 전부 막아냈다.

"흠!"

방어에만 치중하던 아티모르가 라우렌의 날이 아닌 손잡이에 오러를 주입했다. 그러자 라우렌의 날이 바스타드 소드의 날처럼 거대해졌다.

갑작스런 검의 변화에 미처 대응하지 못한 아르디엔의 공격이 끊겼다.

까아아앙!

아티모르가 봉처럼 검을 휘둘렀다.

아르디엔이 빠르게 뒤로 물러났다.

쐐애애애애액!

날카로운 파공성이 그의 귓전을 울렸다.

타타탁.

크게 세 걸음을 물러난 아르디엔이 라우렌을 살폈다.

처음부터 보통 검은 아니라고 생각했었는데, 과연 대단했다.

"와! 대장이 1단계 봉인을 풀었네?"

투왕 아리나가 말했다.

"상대가 상대이니만큼 그럴 수밖에 없겠죠."

레인저킹 제니아가 그녀의 성격만큼이나 딱딱한 어투로 아리나의 말을 받았다.

"짜증나."

뇌전창 실리안 콴이 이를 바득 갈았다.

자신이 신처럼 따르는 아티모르와 대등하게 싸우는 아르디엔이 맘에 들지 않았다.

그녀는 아티모르가 라우렌의 봉인을 푸는 걸 단 한 번밖에 보지 못했다.

바로 지금의 십존이자 서열 2위인 광제 모디안과 싸울 때였다.

이후에는 누구와 싸우더라도 라우렌의 봉인을 풀지 않았었다.

아티모르 본인의 말을 빌리자면 라우렌은 총 3단계로 봉인이 되어 있다고 한다.

그리고 봉인이 한 단계씩 풀릴 때마다 라우렌의 위력은 강해진다.

하지만 아무나 라우렌을 든다고 강해지는 건 아니다.

그 힘을 제어할 수 있는 사람만이 라우렌의 진정한 힘을 활용할 수 있고, 그러한 이는 대륙에 아티모르 한 명뿐이었다.

"솔직히 놀랐소."

거대해진 라우렌의 날 끝을 아르디엔에게 겨눈 아티모르가 말했다.

"아직 시작도 안했다."

아르디엔이 차갑게 그의 말을 받아쳤다.

"나 역시 그렇소."

두 사람 사이에 간단한 대화가 오갔다.

그리고 다시 격돌이 이어졌다.

1단계 봉인이 풀린 라우렌은 마스터급의 오러를 더욱 강하게 증폭시켰다.

그렇다 보니 상대적으로 아르디엔의 검에 어린 오러가 약할 수밖에 없었다.

끼이이잉―!

두 개의 오러가 부딪힐 때마다 아르디엔이 살짝 밀리더니 이내 방어에만 치중하기 시작했다.

아티모르는 연신 공격을 이어나갔다.

조금 전과 상반되는 광경이 펼쳐졌다.

십존들은 아티모르가 승기를 잡자 비로소 안심하는 얼굴들이었다.

반면 하멜 후작가의 사람들은 목이 바짝바짝 타들어갔다.

아티모르의 공격은 점점 더 거세졌다.

한 방 한 방 막아낼 때마다 천둥이 내리치는 듯한 충격이 전해졌다.

아티모르를 상대하는 아르디엔의 모습은 너무나 힘겨워 보였다.

"저러다 지는 거 아니야?"

마리엘이 불안을 견디지 못하고 말했다.

사실 다들 마리엘과 같은 심정이었다.

하지만 한 사람, 케이아스만큼은 생각이 달랐다.

"안 져."

하멜 후작가 사람들의 시선이 케이아스에게 집중되었다. 그가 다시 입을 열었다.

"얼마 전에 내가 본 게 있어. 저건 아르디엔의 진짜 힘이 아니야."

"뭘 본거지?"

디스토가 물었다.

케이아스가 씨익 웃었다.

"초월자(超越者)."

"초월… 자?"

"그렇게밖에 설명이 안 돼."

대체 그가 말하는 초월자라는 것이 무언지 궁금하기 짝이 없었다.

하지만 케이아스는 거기에서 입을 다물어 버렸다. 이에 다른 이들의 시선은 다시 아르디엔과 아티모르에게 향했다.

그들은 여전히 격전의 싸움을 이어나가고 있었다.

*　　　　*　　　　*

수장끼리의 싸움이 시작된 지 제법 오랜 시간이 흘렀다.

하지만 둘은 일말의 지친 기색도 보이지 않았다.

숱한 공방이 오고 갔으나 어느 쪽도 다친 이가 없었다.

그러다 일방적으로 공격을 일삼던 아티모르가 돌연 검을 거두고 물러났다.

그는 아르디엔을 가만히 바라보다 말했다.

"이만하면 서로 탐색전은 끝난 것 같소만."

"그런 것 같군."

두 사람의 대화에 하멜 후작가의 사람들은 경악했다.

그들이 보기엔 지금도 충분히 엄청났다.

한데 겨우 탐색전이었다니.

반면, 아티모르의 진면목에 대해 어느 정도 알고 있는 십존들은 그런 줄 알고 있었다는 얼굴이었다.

그들은 오히려 아르디엔에게 놀랐다.

대체 그의 강함은 어느 정도인지 이젠 가늠이 되지 않을 정도였다.

한 가지 확실한 사실은 아티모르를 제외한 십존 중의 누구도 그에게 상대가 되지 않는다는 것이다.

아티모르는 검 손잡이에 다시 한 번 오러를 불어 넣었다.

그러자 돌연 검날이 사라졌다.

대신 푸른빛의 오러가 검날을 대신했다.

오러는 롱소드의 날과 똑같은 형태를 취하고 있었다.

"저게 라우렌의 2단계? 어째 좀 시시하네요."

몽상마법사 가르틴이 고개를 절레절레 저었다.

"제정신이야? 난 지금 놀라서 심장이 두근거리는데."

뇌전창 실리안이 가슴을 지그시 내리누르며 말했다.

아티모르가 라우렌의 봉인을 한 단계 더 풀었으니 아르디엔은 어찌 나올까 궁금했다.

십존과 하멜 후작가 사람들의 관심이 아르디엔에게 몰렸다.

아르디엔은 별 감흥 없이 라우렌을 바라보다가 검을 검집에 집어넣었다.

그의 행동에 사람들은 전부 의아해했다.

"왜 저래? 포기한 거야?"

마리엘이 고개를 갸웃거렸다.

"하멜 나으리가 포기할리 없잖냐!"

마렉이 소리를 버럭 질렀다.

"아, 귀청 떨어지겠네, 이 무식한 인간이!"

"이 참에 아예 귀까지 떨어지게 해줄까!"

그러자 크라임이 두 사람 사이에 끼어들었다.

그는 마렉에게 무서운 시선을 쏘아 보낸 뒤, 아르디엔을 턱짓했다.

"봐라."

"보긴 뭘 봐! 방금 나 노려봤지? 한 판 붙을래?"

"성난 멧돼지도 너보단 얌전할거다. 하멜 후작님을 자세히 보란 말이다."

"하멜 나으리를 왜… 응?"

마렉이 눈을 가늘게 뜨고 아르디엔을 살폈다.

한데 그의 몸에서 미세한 빛이 일렁이고 있었다.

"저건… 오러를 온몸에 두른 거잖아. 그게 어쨌다는 거야?"

"이런 상황에서 검을 버리고 오러를 갑옷처럼 몸에 두른 이유가 무엇일까."

상대방은 2단계 봉인이 풀린 보검을 들고 있다.

한데 이를 상대로 아르디엔은 왕가의 보검을 회수하고 오러를 전신에 둘렀다.

두 사람의 실력과 오러의 크기가 비슷하다면 보검을 들고 싸우는 게 더 유리한 건 당연한 이치다.

그럼에도 검 대신 주먹을 말아 쥔 아르디엔의 저의가 도저히 이해되지 않는 크라임이었다.

그의 말을 듣고 보니 마렉 역시 의아스러웠다.

처음 검을 회수할 때만 해도 숨겨두었던 다른 무기를 꺼내 들려는 줄 알았다.

아르디엔이 모든 무기에 정통했음은 익히 알고 있기 때문이다.

그런데 주먹을 내세울 줄이야.

다들 아르디엔을 이해 못할 때 아티모르만이 고개를 주억거렸다.

"단번에 이 검을 파악하다니, 대단하오."

"와라."

아티모르가 진심으로 감탄하며 아르디엔에게 신형을 날렸다.

한데 아르디엔이 사정거리에 들어오기도 전에 라우렌을 휘둘렀다.

그러자 빛으로 이루어진 검날이 다섯 갈래로 나뉘며 고무줄처럼 죽 늘어났다.

"……!"

"……!"

이를 지켜보던 이들은 하나같이 놀랐다.

다섯 갈래의 늘어난 빛은 채찍 마냥 허공을 가르며 아르디엔에게 날아들었다.

하나하나가 정수리, 목, 옆구리, 허벅지, 아킬레스건을 노리며 미세하게 다른 속도로 다가왔다. 때문에 아르디엔이 검을 들고 있었다면 막기가 여간 힘든 게 아니었을 것이다.

그러나 지금 아르디엔은 검을 버렸다. 그리고 검날에 실었던 오러를 온몸에 둘렀다.

한 마디로 라우렌의 2단계 봉인이 풀린 형태를 보자마자 그 공격 형태를 예상했다는 것이다.

끼잉! 끼이이이잉! 끼이잉!

라우렌이 아르디엔의 몸에 부딪히며 굉음을 흘렸다.

다행히 전신을 둘러싼 오러가 라우렌의 공격을 방어해 주었다. 그러나 오래 버티기는 힘들어 보였다.

오러의 다섯 갈래 날은 아렌의 전신을 덮고 있는 오러보다 더욱 강했다.

그 증거로 단 한 번 라우렌에 얻어맞은 아르디엔의 오러가 흐물거리고 있었다.

다섯 가닥의 날은 살아 있는 뱀처럼 움직이며 일제히 다른 곳을 노리고 다시 짓쳐 들었다.

끼기기기기깅!

이번에도 얻어맞은 부위마다 오러가 흐물거렸다.

이후로 라우렌의 오러 날이 소나기처럼 구석구석을 두들겨 댔다.

아르디엔은 그것들을 받아내며 앞으로 달려 나갔다.

단 한 걸음을 옮긴 것처럼 보였는데 이미 그는 아티모르의 지척에 다라라 있었다.

물론 그러는 와중에도 수십 번이나 라우렌의 공격을 허용해야 했다.

이제는 몸을 둘러싼 오러들이 전부 흐물거리고 있었다.

몇 번만 더 얻어맞으면 오러가 깨져 직접적으로 육신에 타격이 갈 것이다.

하나 그전에 아르디엔의 주먹이 아티모르의 턱을 노리며 날아들었다.

아티모르의 몸이 뒤로 쭉 빠졌다.

이어, 라우렌의 다섯 가닥 오러 중 세 개가 아르디엔의 팔을 친친 휘어 감았다.

나머지 두 가닥은 아르디엔의 심장을 노리며 찔러 들어왔다.

이미 많이 약해진 아르디엔의 오러는 라우렌의 오러를 막지 못하고 그대로 꿰뚫릴 것이 분명했다.

그리 되면 심장이 터진다.

즉사하는 것이다.

쐐애애애애액!

날카로운 파공성을 뿌리며 날아든 오러가 심장에 닿기 직전, 아르디엔의 전신을 감싸고 있던 오러들이 내지른 팔과 심장 부근에 집중적으로 모여들었다.

"……!"

아티모르가 눈에 띄게 당황했다.

적은 부위에 집중된 오러는 당연히 그 양이 더욱 거대해질 수밖에 없다.

두 오러가 격돌하면 라우렌이 불리할 수밖에 없다.

하지만 이미 아티모르는 이를 막기 힘들었다.

끼잉! 끼기기킹!

아르디엔의 심장 부근에 집중된 오러와 부딪힌 라우렌의 오러는 시끄러운 비명과 함께 부서졌다.

이윽고 아르디엔이 라우렌의 세 가닥 오러에 휘감긴 팔을 우악스레 휘둘렀다.

그의 팔에도 전보다 훨씬 거대한 오러가 깃들어 있었다.

라우렌의 오러는 거짓말처럼 쉽게 깨져 나갔다.

아티모르는 황급히 물러나려 했다.

그러나 아르디엔이 더 빨랐다.

코앞으로 바짝 다가온 아르디엔의 주먹이 전광석화처럼 튀어 나갔다.

뻐버벅!

처음으로 제대로 된 공격이 들어갔다.

아티모르의 턱과 명치, 옆구리에서 어마어마한 충격이 전해졌다.

일순간, 오러로 그 부위들을 감싸지 않았다면 맞은 부위가 터져 나갔을 것이다.

아찔한 고통에 비틀거리던 아티모르의 복부에 전보다 더

욱 강력한 일격이 꽂혔다.

퍼어어억!

이번에도 오러로 복부를 감싼 아티모르다.

하지만 아르디엔의 주먹은 무서울 정도로 강했다.

아티모르의 몸이 허공에 붕 뜨더니 뒤로 죽 날아가 바위에 부딪혔다.

콰르릉!

부서진 바윗덩이의 잔해 속에서 아티모르가 몸을 일으켰다.

그의 손에 들린 라우렌은 어느새 1단계 봉인만 풀린 형태로 되돌아와 있었다.

아티모르의 입가에서 피가 흘러내렸다.

그것을 엄지로 슥 닦아내서 비볐다.

"……."

오래간만에 보는 피였다.

이렇게 피를 흘리며 싸워 보는 게 대체 얼마만인지 모른다.

아티모르가 씩 웃었다.

아르디엔에게 본격적으로 호승심이 일기 시작했다.

그는 어쩔 수 없이 타고난 무인이었다.

반면 십존들은 모두 충격에 빠졌다.

아티모르가 이 정도로 고전할 줄은 몰랐기 때문이다.

"뭐하는 거야, 대장!"

아리나가 답답함에 소리쳤다.

아티모르는 그녀를 쳐다보지도 않고 아르디엔에게 저벅저벅 다가갔다.

그리고 스스로에게 다짐하듯 말했다.

"이제부터 진정 전력을 다할 것이오."

"얼마든지."

"아울러 그대도 전력을 다해야 할 것이오."

"그건 내가 판단하지."

아티모르가 라우렌의 손잡이에 한 번 더 오러를 불어넣었다.

그러자 놀라운 일이 벌어졌다.

라우렌의 거대한 날에 찌저적! 하며 금이 가더니 여러 조각으로 나뉘었다. 그것들은 곧 허공으로 흩어져 아티모르의 몸 주변을 빙빙 돌았다.

아티모르의 전신에선 기이한 빛이 뿜어져 나왔다.

그 빛들은 아티모르와 라우렌의 조각들을 거미줄처럼 엮고 있었다.

"잘 보시오. 이것이 라우렌의 세 번째 봉인이 풀린, 최종 형태. 진정한 라우렌의 모습이오!"

아티모르의 말이 끝나는 순간 주변에서 맴돌던 조각들이

이리저리 형태를 바꾸어 그의 몸에 달라붙었다.

단 한 치의 틈도 없이 촘촘하게 엮인 조각들은 그대로 완벽한 은빛 갑옷이 되었다.

라우렌을 입은 아티모르의 모습은 그야말로 하늘에서 내려온 신장 같았다.

달빛을 받아 은은한 빛을 뿜어내는 갑옷은 철벽처럼 단단해 보였다. 그리고 하나의 조각상처럼 아름답기도 했다.

아티모르가 크게 숨을 들이키고서 주먹을 쫙 폈다.

그러자 그의 손에서 빛으로 된 검 한 자루가 나타났다.

그 검은 오러와 맞먹는 힘을 자랑했다.

"이것이 광휘(光輝)의 갑주 라우렌이오."

라우렌의 진정한 모습을 본 십존들은 하나같이 놀랐다.

"저것이… 라우렌."

흑제 일레인의 놀란 음성이 흘러나왔다.

"라우렌이 갑옷이었다고? 짐작도 못했어."

"이거 정말 놀랍구만! 좋다! 검도 좋고, 갑옷도 좋다! 다 좋다!"

"이번엔 조금 흥미롭네요."

십존들이 저마다 한마디씩을 내뱉었다.

다들 호들갑을 떨어댈 때 제니아가 착 가라앉은 음성으로 얘기했다.

"아티모르님이 라우렌의 봉인을 모두 풀었다는 건, 그만큼 상대가 강하다는 이야기입니다. 위기라는 얘기죠. 감탄만 하고 있을 때가 아닙니다."

듣고 보니 그랬다.

제니아의 말은 살짝 들떠 있던 분위기를 착 가라앉게 만들었다.

"이제부터는 전과 다를 것이오. 그대도 최선을 다하시오."

아티모르가 말했다.

확실히 그의 몸에서 느껴지는 기도부터가 달랐다.

마치 거대한 산이 하나 떡 버티고 선 듯한 기분이었다.

다들 제법 떨어진 거리에서 아티모르를 바라보고 있음에도 불구하고 완전히 제압당해 버리는 기분이었다.

하지만 그보다 가까이 서 있는 아르디엔은 아무런 동요도 없었다.

다만 검지를 까딱일 뿐이었다.

고수와 고수끼리의 싸움에서는 경박하기 그지없을 만큼 가벼운 도발이었다.

하지만 아티모르는 그런 것에 연연치 않고 고개를 끄덕였다.

"조심하시오."

말이 끝나는 순간.

쉭―

그는 빛이 되었다.

한줄기 찬란한 빛이 아르디엔에게 달려들었다.

빡!

엄청난 타격음과 함께 아르디엔의 고개가 옆으로 꺾이며 뒤로 날아갔다.

빛은 그런 아르디엔을 다시 쫓아와 격돌했다.

퍼퍼퍽!

연이어 살벌한 타격음이 터지고 아르디엔은 땅에 처박혀 있었다.

빛은 아티모르가 되었다.

그가 아르디엔을 내려보다 발을 들어 명치를 짓밟았다.

콰드드득! 콰가각!

아르디엔의 몸이 땅 속 깊숙이 박히며, 주변의 대지가 움푹 꺼졌다.

아티모르가 들고 있던 빛의 검을 아르디엔의 목에 겨누었다.

"이게 끝이오?"

손 하나 까딱 못하고 일방적으로 당한 아르디엔을 보며 학센이 고개를 끄덕였다.

"그래야지! 이게 맞는 거지!"

"방금 뭐 제대로 본 사람 있어? 그냥 빛 한줄기가 휘덮던데."

아리나도 거들었다.

"크크큭! 미쳤어. 이건 미친 싸움이야."

광제 모디안이 하얀 이를 드러내고 웃었다.

"나 지금 완전 신나~! 이런 싸움 최고야!"

쾌락주의자인 신궁 람이 제자리에서 백텀블링을 연속으로 하며 신나했다.

하지만 가르틴은 턱을 어루만지며 고개를 저었다.

"너무 쉬운데. 그래서 더 이상한데……."

그에 십존들의 시선이 일제히 가르틴에게 향했다.

"다들 내심으로는 그렇게 생각하고 있으면서."

맞는 말이었다.

아티모르가 이대로 이겨버렸으면 좋겠다는 희망이 더 컸을 뿐이다.

그들의 생각대로 아르디엔은 건재했다.

"발 치워라."

땅 속 깊이 처박힌 아르디엔이 흔들림 없는 음성으로 나직이 말했다.

Chapter 02
데미갓(Demigod)

아르디엔 전기

콰아아아아아앙!

아르디엔의 주변에서 갑자기 폭발이 일었다.

응축된 공기가 한순간에 터져 나갔다.

그 충격파에 휩싸인 아티모르가 뒤로 날아갔다.

하지만 볼썽사납게 넘어지진 않았다.

제법 강한 충격을 받았음에도 중심을 잡아 바로 섰다.

"이제부터가 진짜야."

상황을 지켜보던 가르틴이 읊조렸다.

십존들이 잔뜩 긴장해서 몸을 일으키는 아르디엔을 지켜

봤다.

푹 파였던 구덩이에서 나온 아르디엔은 아티모르와 적당한 거리를 두고서 마주 섰다.

이윽고 그의 몸에 어린 오러가 전부 사라졌다.

그렇다고 검을 뽑아 들지도 않았다.

하멜 후작가의 사람들은 아르디엔의 저의를 알 수 없었다.

그건 십존들과 아티모르 역시 마찬가지였다.

단 한 사람.

케이아스만이 옅은 미소를 머금었다.

"드디어 나온다."

케이아스의 들뜬 음성이 흘러나왔다.

하멜 후작가의 사람들이 아르디엔에게 향해 있던 시선을 케이아스에게 돌렸다.

그의 미소가 짙어졌다.

"초월자."

초월자란 대체 어떤 경지를 말하는 것일까.

모두의 궁금증이 극에 달한 그때!

휘류르르르르르─!

아르디엔의 몸 주변에서 강렬한 소용돌이가 일었다.

그의 머리카락과 옷자락이 바람에 나부껴 펄럭였다.

하지만 그건 단순한 바람이 아니었다.

푸른빛을 띠고 있는 것이 분명한 오러였다.

오러가 소용돌이친다는 건 듣도 보도 못한 일이었다.

"저게 뭐야?"

마리엘이 놀라 물었다.

"오러가 너무 커서 주체할 수 없는 거야."

케이아스는 재미있는 구경거리라도 보는 듯 히죽거리며 대답했다.

아르디엔은 오러를 몸 안으로 갈무리한 게 아니라 밖으로 뿜어낸 것이었다.

오러의 소용돌이는 점점 더 그 세를 불려 나가다 한순간 회전을 멈췄다.

그리고 그의 주변에 둥그런 막을 형성했다.

마치 푸른빛의 보호막이 그를 외부로부터 지켜주는 듯한 모습이었다.

그에 자리에 있던 모든 이들이 경악했다.

"저게… 지금 말이 돼?"

"오러를 어떻게……."

"무슨 저런 괴물이."

십존들이 저마다 한마디를 내뱉었다.

"케이, 저거야? 네가 말한 게?"

마리엘이 물었다.

하지만 케이아스는 미소만 지을 뿐 대답하지 않았다.

마리엘은 대답 듣는 걸 포기하고서 두 손으로 어깨를 감쌌다.

"오러의 기운이 어찌나 강렬한지 여기까지 전해져. 온몸이 저릿저릿해."

그런 마리엘의 어깨를 크라임이 감싸주었다.

아티모르가 느끼기에도 아르디엔의 몸을 둘러싼 오러의 막은 엄청난 에너지가 응축되어 있었다.

어지간한 힘으로 부딪혔다가는 저 막을 뚫기는커녕 달려든 쪽이 산산조각 날 판이었다.

그러나.

"안타깝지만, 내가 더 강하오."

아티모르는 라우렌의 힘을 믿었다.

아니, 객관적으로 판가름해 봐도 오러의 막은 라우렌을 막아낼 수 없었다.

아르디엔이 씩 웃었다.

"과연 그럴까."

"오러를 그런 식으로 사용할 수 있다는 것이 놀랍긴 하지만 그게 전부인 것 같소."

"오러실드를 너무 얕보는군."

"그것의 이름이오? …앞으로 더 이상 사용할 일이 없어질 거요."

"처음부터 느꼈는데, 넌 말이 너무 많다."

아티모르로서는 아르디엔이 오러실드를 만들어낸 것보다 말이 많다는 것이 더 충격이었다.

십존들 중에서 가장 과묵하기로 유명한 아티모르다.

그런데 아르디엔은 그에게 말이 많다고 한다.

상대적으로 아르디엔이 더 말수가 적기 때문이다.

아티모르가 빛의 검을 들고서 돌격 자세를 취했다.

반면 오러 실드 안에 선 아르디엔은 아무런 자세도 취하지 않고서 편하게 서 있을 뿐이었다.

"오만은 그대의 목을 더욱 빨리 앗아갈 것이오. 진지하게 임하시오."

"말이 많다고 했다."

"…원망 마시길."

아티모르의 신형이 빛으로 변해 날아들었다.

콰아아앙!

그리고 마치 작은 유성이 떨어지는 것처럼 빛의 꼬리를 달고 오러실드에 격돌했다.

콰르르르르르르르릉!

두 사람이 격돌한 주변의 땅이 모두 깨지고 파여 무너졌다.

대기가 떨리며 퍼져나간 충격파가 사위로 퍼져나갔다.

십존과 하멜 후작가의 사람들은 충격파에 밀려 날아가지 않도록 스스로를 보호했다.

거대한 돌풍이 일었다.

파직! 파지지지지직!

오러실드와 빛의 검이 충돌한 지점에서 눈부신 스파크가 일었다.

아르디엔도 아티모르도 결코 물러서지 않았다.

두 사람의 대치가 길어질수록 주변은 폐허로 변해갔다.

거대한 힘과 힘의 격돌은 그만큼 무서웠다.

한데.

쩌적! 쩌저적!

오러실드에 금이 가기 시작했다.

이대로라면 빛의 검이 아르디엔의 심장을 꿰뚫을 판이다.

"하멜 후작!"

제피아가 소리쳤다.

쩌적!

그러는 와중에도 오러 실드는 더욱 약해졌다.

디스토가 앞으로 달려 나가려 했다.

그런 그를 케이아스가 막아섰다.

"비켜."

"싫은데?"

"비키라고!"

디스토가 무섭게 소리쳤다.

그는 아르디엔을 이대로 죽게 놔둘 수 없었다.

자신에게 새로운 삶을 안겨주었고, 새로운 세상을 보게 해주겠다 약속한 사내다.

그런 사내를 지금 잃는다는 건 말도 안 된다.

"디스토, 믿어봐."

"뭘 믿으라는 건데?"

"아르디엔을."

디스토와 케이아스가 실랑이를 벌이는 사이, 이번에는 다른 이들이 튀어 나가려 했다.

그에 케이아스가 크게 소리쳤다.

"너희들의 주군에게 치욕을 안겨줄 셈이야!"

그 한마디는 모든 이들을 일제히 멈춰 서게 만들었다.

케이아스가 하멜 후작가의 사람들을 둘러보며 말했다.

"아르디엔이 뭘 치욕스러워 할 거 같아? 싸움에 지는 거? 그래서 죽는 거? 아니면 너희들한테 도움을 받아 겨우 목숨을 부지하는 거? 아니, 그런 게 아니야. 그가 진정 치욕스러워 하는 건……."

쩌저저저적!

오러실드의 내구도가 경각에 달했다.

케이아스의 마지막 한마디가 이어졌다.

"너희가 그를 믿지 못하는 거야."

순간.

콰차창!

오러실드가 부서졌다.

빛의 검이 사나운 맹수처럼 아르디엔의 심장을 노리며 달려들었다.

"아르디엔!"

"후작님!"

"뭘 멍청히만 서 있는 거야, 후작 나으리!"

하멜 후작가의 사람들이 다급히 소리쳤다.

그들의 시야엔 심장이 꿰뚫려 피를 뿜어내는 아르디엔의 모습이 겹쳐지는 것 같았다.

하지만 아니었다.

아르디엔의 왼쪽 가슴에 닿은 빛의 검은 더 이상 전진하지 못했다.

아티모르가 아르디엔을 일부러 살려준 것 같은 광경이었다.

그러나 아티모르는 최선을 다했다.

확실하게 아르디엔의 숨을 끊어놓으려 했다.

한데 그럴 수 없었다.

빛의 검이 알 수 없는 강한 힘에 막혀 살을 뚫고 들어가지 않았다.

"무슨 조화를 부린 것이오?"

아티모르가 물었다.

아르디엔은 남아 있던 모든 오러를 방출해 오러실드로 만들었다.

그의 체내엔 단 한 톨의 오러도 느껴지지 않았다.

그냥 육신만 남은 것이다.

그런데 빛의 검을 막아내다니?

상식적으로 이해할 수 없는 일이 벌어졌다.

아르디엔이 대답했다.

"오러 마스터의 경지, 그 이상을 바란다면 오러를 버려야 한다."

"…오러 마스터의 경지 이상이라니. 그런 경지가 있단 말이오?"

"지금 네 눈으로 보고 있잖나."

아티모르의 시선이 아르디엔의 가슴으로 향했다.

"대체 어찌 한 것이오?"

"오러라는 힘이 처음 발견된 이후, 사람들은 높은 무의 경지를 이룩하기 위해 오로지 오러를 발전시키는 데만 목을 맸다. 하지만 그건 더욱 강해질 수 있는 육신의 가능성을 인간들 스스로 막아버리는 경우를 초래했다. 오러라는 건 무엇인가? 결국 그것 역시 내 육신 안에서 만들어지는 기운이다. 내 육신이 없이는 오러 역시 존재치 않는다. 오러보다 사람의 육신이 더욱 강인하고 대단하며 위대하다는 얘기지."

생사를 건 싸움이 오가는 와중 느닷없이 대화가 오갔고 아르디엔의 일장연설이 이어졌다.

아티모르는 그의 얘기를 듣고서 뒤통수를 두드려 맞는 듯한 충격을 받았다.

아르디엔의 손이 가슴에 닿아 있던 빛의 검을 움켜쥐었다.

무엇이든 닿는 즉시 잘라버리는 빛의 검이다.

하지만 아르디엔의 손은 잘리기는커녕 작은 상처 하나 나지 않았다.

"그래서 어느 날 난 오러를 모두 버렸다. 이후 육신을 발전시키기 위해서 노력했지. 하나, 수련으로 육신을 단련시키는 것엔 한계가 있었다. 대체 어찌해야 더욱 강인한, 누구도 범접할 수 없는 강인한 육신을 얻을 수 있는 것인가? 식음을 전폐하고 오로지 그 생각에만 묻혀 살던 어느 날, 머리가 맑아지며 헛웃음이 튀어나왔어. 아주 간단한 걸 난 너무 복잡하게 생각하고 있었지."

아티모르는 아르디엔의 한마디 한마디를 조금이라도 놓칠세라 모든 신경을 그의 음성에 집중했다.

아르디엔이 아티모르를 똑바로 바라보았다.

"내가 무엇을 알게 되었는지 궁금한가?"

"솔직히 그렇소."

아티모르는 이곳이 전장이라는 것도 잊어버리고 고개를 끄덕였다.

"우주를 품어라."

"그게… 무슨 뜻이오?"

"인간의 몸은 발전의 한계가 있다는 고정관념을 버려라. 우주보다 광활한 모든 가능성을 가지고 있는 것이 육신이다. 그것을 깨닫는 순간 초월체의 육신을 갖게 되고, 심지어 죽음에서조차 자유로워질 수 있을 것이다."

충격적인 얘기였다.

아르디엔은 지금 죽지 않는 불사의 육신을 손에 넣게 될 것이라 얘기하는 것이었다.

"어찌 세상에 태어난 생명이 죽음에서 자유로울 수 있단 말이오."

도무지 이해되지 않아, 아티모르가 되물었다.

아르디엔이 빛의 검을 쥔 손에 힘을 주어 밀었다.

아티모르 역시 지지 않으려고 맞섰지만 아르디엔에게 서서히 밀리고 있었다.

"그런 고정관념들을 버리지 못한다면 넌 평생 나와 같은 경지에 이를 수 없다."

"헛소리요. 그대의 말대로 강인한 육신을 갖게 될진 모르겠으나 죽지 않는다는 건 말도 안 되오."

"그런 사람이 있었다면?"

"……?"

"무신(武神) 라하트마가 어떻게 죽었는지에 대해서 아는 사람은 아무도 없지."

무신 라하트마.

무학의 극의를 본 전설적인 인물로서, 아르디엔이 지금의 힘을 갖게 된 데에 큰 배경이 되어준 사람이다.

그의 자서전을 백번이 넘도록 계속해서 정독해 버린 아르디엔은 자서전 속에 숨어 있던 기이한 힘을 받아들여 무학의 극의에 들어설 수 있었다.

아무튼 그 무신 라하트마가 어찌 죽었는지에 대해서는 아무도 아는 사람이 없다.

그저 어느 날 갑자기 사라졌다고만 전해질 뿐이다.

"라하트마가… 아직도 살아 있다는 말이오?"

아티모르가 물었다.

"아니. 스스로 죽음을 맞았겠지. 지금껏 살아서 무얼 한단 말인가. 세상에서 한바탕 신나게 놀았다면 육신을 벗어버리고 더 자유로운 곳으로 가는 것이 이치. 죽음에서 자유로워진다는 건 그런 것이다. 언제든 내가 원할 때 육신을 버리고 떠나가게 된다는 말이지."

반대로 말하면 죽음을 원치 않는 경우 영원히 살 수 있다는 것과 다름없었다.

하지만 아티모르는 여전히 그 말을 신용하기 힘들었다.

"광휘의 갑주 라우렌이라. 확실히 멋진 물건이다. 하지만 지금의 날 상대할 순 없다. 난 무학의 극의를 깨우치고 인간의 육신에 한계가 없음을 깨달았다. 영혼이 성숙해짐으로써 신의 영역에 가까이 다가갔고, 그 결과 지금의 경지에 다다랐다. 죽음조차 내 마음대로 할 수 있는 반신의 경지. 그걸 난 데미갓(Demigod)이라 부른다. 지금의 내가 바로 데미갓이다."

말을 마치는 순간 아르디엔의 손에 잡힌 빛의 검이 수십 조각으로 깨져 나갔다.

콰창창!

이윽고 아티모르가 뭐에 맞았는지도 모른 채 뒤로 날아가 바닥을 파고 들어가 처박혔다.

콰아앙!

"크허억!"

정신이 하나도 없었다.

뭔가 번쩍 한다고 느낀 순간 전신에서 아찔한 고통이 느껴졌다.

혼들리는 시야를 겨우 바로잡으니 어느새 다가온 아르디엔이 자신을 내려다보고 있었다.

좀 전과는 입장이 반대가 되어버렸다.

아르디엔의 발이 아티모르의 명치를 으깨려는 찰나!

콰아앙!

아티모르는 간발의 차이로 이를 피했다.

아르디엔의 발이 떨어진 땅은 폭발이라도 난 것처럼 터져 나갔다.

'강하다.'

아티모르가 지금의 아르디엔을 보며 드는 생각은 그것밖에 없었다.

온몸을 감싸고 있는 갑주가 조금 전까진 철옹성처럼 믿음직스러웠는데 지금은 갑갑하기 그지없었다.

투구 속 이마에 송글거리며 땀이 맺혔다.

등줄기가 서늘했다.

지금껏 아티모르는 그 누구를 상대하면서도 공포라는 것을 느껴본 적이 없었다.

그는 타고난 싸움꾼이며, 검사였다.

애초에 태어나길 대륙지존의 기질을 타고 태어난 인간이다.

그런 그가 지금 떨고 있었다.

한 번도 겪어보지 못한 감정이 그를 흔들었다. 하지만 이내 심신을 가다듬었다.

대륙 지존의 자리는 거저먹기로 손에 넣은 게 아니다.

그만큼의 강함과 강단이 아티모르에게는 있었다.

그의 손에서 부서졌던 빛의 검이 다시 만들어졌다.

"솔직히 놀랐소. 그리고 존경스럽소. 그러나… 난 질 수 없소."

"나 역시."

아르디엔이 간단하게 말을 받아쳤다.

아티모르의 눈이 부릅떠졌다.

전력을 다해 싸움을 결판낼 셈이다.

아르디엔 역시 그것을 느꼈다.

스팟―!

아티모르의 몸이 한 줄기 빛으로 화해 아르디엔에게 쏘아졌다.

아르디엔 역시 잔상을 남기며 달려 나갔다.

그리고.

콰아아아아아아아앙!

두 사람이 격돌했다.

거대한 충격음은 한 번이었지만 그사이 오고간 공방은 수십 번이 넘었다.

아르디엔과 아티모르는 다시 떨어졌다 다른 곳에서 부딪혔다.

그들이 한 번 격돌할 때마다 굉음과 충격파가 천지를 떨어울렸다.

다른 이들보다 심신이 약한 하멜 후작가의 기사단장 페스토치는 급기야 피를 토하며 주저앉았다.

마리엘이 그런 그를 한심하게 바라보다가 목덜미를 움켜쥐었다.

"넌 애초부터 낄 자리가 아니었어."

아르디엔과 아티모르의 싸움을 보고 있자면 강단 하나는 알아주는 마리엘조차 살이 떨려왔다.

그녀가 페스토치와 함께 공간이동을 했다.

잠시 후, 마리엘은 혼자서 전장에 모습을 드러냈다.

페스토치는 기사단 숙소 침대에 눕혀 놓고 왔다.

콰르르르룽! 쿠르르룽!

밤하늘에 벼락이라도 치는 것 같았다.

하지만 하늘은 구름 한 점 없이 맑았다.

찬란한 달과 촘촘히 박힌 별들이 빛을 내려주었다.

그 아래에서 자웅을 겨루는 두 사람이 세상을 박살 내기라도 하려는 듯 무섭게 맞붙고 있었다.

이미 싸움의 무대였던 파보츠의 가장 높은 언덕은 반 이상이 무너져 내려 그 원 형태조차 알아볼 수 없을 지경이었다.

언덕 아래에서는 파보츠 사람들이 감히 가까이 다가오지 못한 채, 전투를 구경했다.

누구도 두 사람을 막을 수 없었다.

둘 중 하나의 숨이 끊어져야 싸움이 끝날 것 같았다.

이제는 아르디엔과 아티모르의 모습 자체가 보이질 않았다.

두 사람은 도무지 따라잡을 수 없는 속도로 움직였다.

사위에서 들려오는 격한 충돌음과 날카롭게 이는 바람만으로 그저 두 사람이 무섭게 싸운다는 걸 알 수 있을 뿐이었다.

*　　　*　　　*

시간이 흐를수록 갑주 라우렌은 엉망이 되어갔다.

반면 아르디엔은 조금의 흐트러짐도 없이 평온하기만 했다.

대체 어디서 그런 괴력과 스피드, 체력이 나오는 것인지 알 수 없었다.

서로 똑같이 공방을 주고받았고, 치명타는 한 대도 오고가지 않았다.

그러나 이미 아티모르는 지쳐 있었다.

"하아! 하아!"

아르디엔과 잠시 거리를 벌리고 선 아티모르가 거친 숨을 뱉었다.

그의 숨에선 단내가 났다.

속에서 비릿한 냄새가 맡아졌다.

쉴 새 없이 모습을 드러내지 않고 싸우다가 비로소 눈앞에 나타난 두 사람을 전장에 모인 이들이 숨죽이고 지켜봤다.

누가 봐도 아르디엔이 유리한 싸움이었다.

아티모르에게 패색이 짙어지자 십존들의 안색이 굳었다.

더 이상 빛나는 갑주는 없었다.

무적이라 일컬어진 절대 지존도 없었다.

반신의 경지에 오른 아르디엔의 앞에 선 아티모르는 그저 한 명의 인간일 뿐이었다.

"데미갓이라… 무서운 경지요."

아르디엔이 십존들을 죽 둘러봤다.

"그쪽에서 나와 같은 경지에 오를 수 있는 이는 너를 포함해 둘밖에 되지 않는군."

아티모르와 또 다른 한 명이 누구인지는 정확히 짚어주지 않았다.

단순하게 생각하면 십존의 서열 1, 2위인 아티모르와 모디안이 데미갓의 경지에 오를 가능성이 가장 높다고 여길 수도 있다.

하지만 아르디엔은 모디안은 염두에 두지도 않았다.

아티모르가 아르디엔을 가만히 바라보다가 다시 물었다.

"하면 그대의 밑에 있는 이들 중엔 몇 명이 데미갓의 경지에 오를 수 있겠소?"

아르디엔은 망설임 없이 대답했다.

"셋."

그건 아티모르의 정신을 크게 흔들어 놓았다.

십존 중에서도 둘 밖에 반신이 될 수 없다고 했는데, 하멜 자작가의 사람 중엔 아르디엔을 제외한 셋이 그리 될 수 있다고 한다.

아르디엔 한 명으로도 벅차다.

데미갓이라는 영역은 그 자체로 엄청났고, 감히 범접할 수가 없는 경지다.

한데 그런 이가 셋이나 더 생긴다?

만약 그의 말이 허언이 아니라면 후엔 하멜 가문이 대륙 전체를 집어삼킬지도 모를 일이다.

데미갓에 오른 네 명의 장수가 군단을 만들어 움직인다면 그것은 지옥의 군단이 될 것이다.

잠시 무서운 생각을 하던 아티모르는 다시 눈앞의 상대에게 집중했다.

'과연 그가…….'

지금 아티모르는 아르디엔과 대적하고 있다.

죽어버린 자신의 여동생을 살리기 위해 마도국 국왕 루틴과 거래를 했다.

서로의 목을 걸고 벌이는 전투였으나 결코 아르디엔에게 적의는 없었다.

오히려 가슴 한편에서는 그를 좋게 보던 아티모르였다.

아티모르의 여동생은 아그니병에 걸려 세상을 떠났다.

그 병은 치료약이 개발되지 않아 걸린 이들은 모두 족족 죽어나가 버리는 무서운 병이었다.

하지만 하멜 후작가의 사람인 레나 하리아멜이 미라클 플라워를 만들어내 전국으로 보급했고 그 덕에 많은 이들이 목숨을 구했다.

하나를 보면 열을 안다.

하멜 가문의 사람이 그런 일을 했다는 건 하멜 가문의 가주역시도 그만한 그릇의 사람이라는 것이다.

그래서 아티모르는 기회가 된다면 아르디엔과 좋은 연을 맺고 싶었다.

그런데 두 사람은 어쩔 수 없이 악연으로 만나게 되었다.

'저런 자가 힘을 얻는다고 한들… 그것을 삿된 욕망에 사

로잡혀 휘두를 리 없다.'

하멜 가문에서 아무리 많은 이들이 데미갓의 경지에 오른
다고 해도 괜찮을 것이다.

대륙이 피로 물드는 일은 절대 없을 테니.

문득 피어올랐던 커다란 걱정이 사라지고 나니 자신의 목
숨 따윈 크게 중요치 않다는 생각이 들었다.

대신 여동생을 향한 미안한 마음은 잡을 길이 없었다.

'미안하다, 다리아. 어떻게든 너를 살려주고 싶었는데. 이
렇게 내가 널 만나러 가게 되겠구나.'

아티모르가 온몸에 힘을 풀었다.

그에 십존들의 눈이 휘둥그레졌다.

"뭐하는 거야, 대장! 아직 끝나지 않았어!"

학센이 소리쳤다.

"빨리 주먹 쥐어! 끝날 때까지 끝이 아니라고! 그깟 자식
두들겨 패란 말야!"

아리나도 질세라 고함을 질렀다.

"나보다 더 미친놈인줄 알았는데, 그것도 아니었어."

광제가 편안한 음성을 흘리며 미소를 머금었다.

한데 두 눈에서는 섬뜩한 분노가 이글거렸다.

"이렇게 끝나는 건가."

가르틴은 특유의 힘 빠진 말투로 얘기했다.

그의 눈동자가 심하게 흔들렸다.

"……."

일레인은 아무 말이 없었다. 그는 숨 쉬는 것도 잊어버린 사람처럼 일말의 미동도 없이 아티모르를 쳐다봤다. 그의 머릿속엔 몸에 감추고 있는 수백 개의 암기들을 한 번에 날리는 비기 '다크 윙'이 쉴 새 없이 시뮬레이션 됐다.

"졌습니다. 처음부터 이길 수 없는 싸움이었어요."

제니아는 이런 때에도 얄밉도록 사리분별 정확한 얘기만 내뱉었다.

"대장이 지면 내가 나갈 거야."

람이 쾌락주의자의 진면목을 보여주듯 히죽 웃으며 사지를 풀었다.

그러나 그의 미소는 차갑고 서늘했다.

십존의 서열 10위 실리안은 피가 나도록 아랫입술을 깨물었다.

그녀가 든 창끝엔 한참 전부터 스파크가 튀어 올랐다.

자신도 모르게 창에다 오러를 주입하고 있었던 것이다.

십존들은 저마다의 방식으로 이 상황을 지켜보고 있었다.

아르디엔이 천천히 움직였다.

그가 코앞까지 다가오는 동안에도 아티모르는 어떤 행동조차 취하지 않았다.

다만 아르디엔에게 마지막 한마디를 건넸다.

"내 동료들은 살려주시오."

"널 죽이고 나서 내게 달려들지만 않는다면."

아르디엔의 손이 높이 올라갔다.

그는 쫙 편 손날로 아티모르의 목을 노렸다.

휘두르면 갑주와 함께 목이 잘려 머리가 바닥을 구를 것이다.

"가라."

짧게 인사를 건넨 아르디엔이 수도를 휘두르는 그때.

"멈춰!"

마리엘의 고함이 그를 붙잡았다.

Chapter 03
다리아의 마음

아르디엔 전기

아르디엔이 마리엘을 바라보았다.

그녀는 놀란 시선을 허공에 둔 채 말이 없었다.

전장에 있던 모든 이들이 마리엘에게 주목했다.

그녀가 왜 아르디엔을 부른 것인지 궁금했다.

"그래선… 아티모르를 죽여선 안 돼."

마리엘이 뭔가에 홀린 듯 웅얼거렸다.

하지만 아르디엔의 귀엔 그녀의 목소리가 정확히 들렸다.

무학의 극의를 체득한 아르디엔이기에 평소에도 모든 감각들이 일반인보다 월등했다.

한데 지금은 반신의 경지에 올랐다.

수 백 미터 밖에서 지나가는 개미 발자국 소리도 마음만 먹으면 들을 수 있었다.

"왜 죽여선 안 된다는 거지?"

아르디엔이 물었다.

크라임이 걱정되는 듯 마리엘의 어깨를 감싸안았다.

마리엘의 눈동자가 아르디엔에게 향했다. 그리고 다시 아티모르에게 고정되었다.

"다리아 마렌."

마리엘의 입에서 그 이름이 나오자 아티모르의 입이 휘둥그레졌다.

놀란 건 다른 십존들 역시 마찬가지였다.

"그녀가 내게 부탁했어. 당신을 죽이지 말아 달라고."

"뭐?"

황당했다.

다리아는 아티모르의 친여동생이다.

그리고 2년 전에 죽었다.

한데 그녀에게서 자신을 죽이지 말란 얘기를 들었다니, 이게 도대체 무슨 소리인가?

아티모르가 끓어오르는 분노를 겨우 삭이며 경고했다.

"내 동생을 욕보이는 것이라면 절대 용서치 않겠소."

"그녀가 지금도 말하고 있어. 널 살려달라고."

"그만하시오."

아티모르의 음성이 부들부들 떨려왔다.

그와 함께 갑주도 떨렸다.

"만약 네가 죽으면 자기는 정말 슬플 거라고. 넌 잘못된 길을 걷고 있으니 막아달라고 외치고 있다고, 이 멍청한 작자야."

"그만!"

더 참지 못한 아티모르가 달려 나갔다.

한 발을 내딛는 순간 찬란한 빛이 되어 마리엘에게 쏘아졌다.

하지만.

콰콰쾅!

빛의 앞을 또 다른 빛이 가로막았고, 엄청난 폭발이 일었다.

충격파가 사위를 휩쓴 뒤, 돌풍이 일었다.

칼바람에 시야가 흐트러지고 엉망으로 널린 나무기둥과 가지, 갖가지 잡초와 풀, 꽃들이 휘날렸다.

돌풍이 가라앉은 다음에는 흙먼지가 자욱했다.

그 사이로 바닥에 엎드린 아티모르와, 그 앞에 선 아르디엔의 실루엣이 드러났다.

흙먼지마저도 한줄기 바람에 쓸려간 뒤에 완전히 드러난 아티모르의 모습은 그야말로 처참했다.

광휘의 갑주 라우렌은 엉망이었다.

여기저기 구겨지고 금이 쩍쩍 가 있었다.

툭.

흉부를 가리고 있던 갑주의 일부가 쪼개져 나와 바닥에 떨어졌다.

그것을 시작으로 조각 나 버린 갑주는 모두 땅으로 쏟아져 내렸다.

와르르르.

갑주를 벗은 라우렌은 전신이 땀에 젖은 채 가쁜 숨을 몰아쉬고 있었다.

"내 사람에겐 손끝 하나 대지 못한다."

절망적이었다.

아르디엔의 말은 절대적인 것이었다.

누구도 결코 어길 수 없는, 거역할 수 없는 그런 힘이 담겨 있었다.

처참히 무너지기만 하는 지존의 모습에 십존들의 가슴에서 뜨거운 것이 치밀어 올랐다.

하지만 그 누구도 나서는 이가 없었다.

최후의 최후까지 참아야 한다.

그전에 끼어드는 건 아티모르의 자존심을 더욱 짓밟는 일밖에 되지 않는다.

아티모르를 단숨에 제압한 아르디엔이 마리엘에게 물었다.

"그게 무슨 얘기인지 제대로 설명해 봐."

마리엘이 고개를 끄덕였다.

"얼마 전 난 두 번째 뇌파의 힘을 각성했어. 이후로 영혼을 볼 수 있게 됐지."

그 얘기에 아티모르의 눈에 혹시나 하는 기대감이 어렸다.

그가 전과 달리 적의를 깨끗이 지운 시선을 마리엘에게 던졌다.

"다리아가 한참 전부터 내게 말하고 있었어. 오빠를 살려달라고. 이 무의미한 싸움을 끝내달라고."

"다리아가……."

아티모르는 반신반의하는 심정으로 그리운 동생의 이름을 흘렸다.

마리엘 역시 아티모르가 자신의 말을 백퍼센트 믿을 수 있을 것이라 생각지 않았다.

해서 그에게 믿음을 심어주기로 했다.

"다리아 마렌. 아티모르 마렌의 친동생이고 이 년 전, 서른 넷의 나이로 아그니 병에 걸려 죽었지. 외모는… 예쁘네. 지금 내가 보고 있는 게 서른넷, 당시의 나이라면 도저히 그 나이대로 보이지 않을 만큼 동안이야. 등까지 오는 금발머리에 벽안. 작고 붉은 입술… 오른쪽 눈 밑에 작은 점이 하나 있네. 저거 눈물점인데. 평소에도 울 일이 많은 여자였나 봐."

마리엘의 얘기에 아티모르는 큰 충격을 받았다.

모든 것이 딱 맞았다.

그녀는 지금 자신의 동생을 보고 있었다.

"다리아… 다리아가 정말… 여기 있는 것이오?"

아티모르가 겨우겨우 목소리를 쥐어 짜냈다.

자꾸만 눈물이 나오려 하고, 목울대가 울렁거려 제대로 말을 하기가 힘들었다.

"있어. 내 앞에. 지금은… 당신을 보고 있어. 많이 슬픈 표정으로."

아티모르가 아랫입술을 꽉 깨물었다.

그의 눈에 눈물이 가득 맺혔다.

"다리아… 다리아. 왜… 왜 내게 멈추라 하는 것이냐. 넌 내가 다시 보고 싶지 않은 게냐?"

"아니, 보고 싶대."

마리엘이 대신 대답했다.

"한데… 한데 대체 멈추라는 이유가 무엇이냐."

마리엘은 한참 허공을 바라보다가 다시 얘기했다.

"뭐라고 울면서 길게 얘기했는데 짧게 간추려 줄게. 자기 때문에 그릇된 일을 하는 게 싫대."

"이게 그릇된 일이라고? 그렇다면 널 다시 찾고 싶어하는 내 마음도 그릇되었다는 것이냐?"

마리엘의 미간에 세로줄이 그어졌다.

그녀는 또 다시 허공을 바라보다가 고개를 절레절레 저었다.

"아, 귀찮아 죽겠네."

마리엘이 갑자기 사라졌다.

그녀는 아티모르의 옆에 다시 나타났다.

그러더니 엎드려 있던 아티모르의 어깨에 손을 얹었다.

순간 십존들이 움찔했지만, 마리엘은 그 이상 다른 행동을 하지 않았다.

마리엘이 손가락으로 좌측을 가리켰다.

"옆을 봐."

아티모르가 시선을 돌렸다.

순간, 믿기 힘든 일이 벌어졌다.

"다, 다리아……"

그곳에 너무나 그리웠던 동생 다리아가 서 있었다.

*   *   *

다리아를 떠난 보낸 이후부터 지금까지 아티모르는 단 한 번도 동생을 잊은 적 없었다.

그것은 다리아 역시 마찬가지였다.

아티모르는 볼 수 없는 동생을 그리워했지만, 다리아는 볼 수 있음에도 소통할 수 없는 오빠를 보며 안타까워했다.

다리아가 없는 아티모르는 미소를 잃었다.

말 수가 적었어도 포근한 미소만큼은 자주 지어 보이던 그였다.

그런데 다리아가 세상을 떠난 이후 웃는 모습을 거의 볼 수 없게 되었다.

그는 오로지 다리아를 다시 살릴 수 있는 방법만을 찾아다녔다.

십존들은 고맙게도 묵묵히 그런 그를 따라주었다.

다리아는 아티모르의 동생이기도 하지만 다른 십존들의 동료이기도 했다.

사실 십존 중에서 사람들이 가장 많이 따르는 사람은 서열 1위 아티모르가 아닌 서열 7위 다리아였다.

다리아는 십존에 들 만큼 육체적으로 강했지만, 그보다 정신이 더 강한 여인이었다. 강한 정신만큼 마음도 넓었다. 항상 그녀의 얼굴에선 미소가 사라지지 않았다. 아무리 급박한 상황 속에서 여유를 잃지 않았다.

그럼으로써 주변의 모든 이들을 챙기고 품에 안을 수 있었다.

그녀의 곁에만 가면 누구나 마음이 편해지곤 했다.

십존들 중 가장 컨트롤이 안 되는 광제조차도 다리아의 말에는 껌뻑 죽을 정도였다.

그런데 그런 그녀가 죽었다.

십존들은 정신적으로 심하게 흔들리기 시작했다.

아티모르는 죽은 다리아를 어떻게든 되살리겠다고 공표했다.

당연히 모든 이들은 암묵적 동의를 표했다.

언제나 정도만을 걸어왔으며, 바른 일이 아니면 하지 않는다 외치던 레인저킹 제니아조차도 이때만큼은 자신의 신념을 굽혔다.

만약 다리아가 아닌 다른 누군가가 죽었고, 그를 되살린다고 했다면, 죽은 이를 되살리는 행위는 절대로 잘못된 행위라며 십존을 떠났을 것이다.

하지만 제니아에게도 다리아의 존재는 너무나 컸다.

그녀가 못 견딜 만큼 보고 싶었다.

그렇게 2년이라는 시간이 흘렀다.

그동안 마도국의 국왕 루틴과 연결이 되며 다리아를 되살릴 방법을 알아냈다.

그녀를 리치의 업그레이드판인 그랜드 리치로 되살려내는 것이다.

리치와 달리 그랜드 리치는 생전의 모습을 그대로 간직한 채 영생을 얻을 수 있다.

사실 사람이 제정신으로 할 짓은 아니지만, 아티모르는 다리아의 시신에 부패방지 마법을 시전한 뒤, 큰 관에 넣어 어디든 같이 다녔다.

그러다 루틴의 제안으로 마도국에 터를 잡게 된 이후에는 지하의 안치실에다가 그녀의 시신을 보관해 두었다.

그의 운이 하늘에 닿아 동생을 되살릴 방법을 찾았는데 혹여라도 시신이 없으면 불가능할지도 모른다는 생각이 들었기 때문이다.

한데 그런 그의 걱정은 쓸데없지 않았다.

죽은 이가 그랜드 리치로서 되살아나려면 그 시신이 보존되어 있어야 했다.

부패의 정도는 상관이 없다.

뼈만 앙상하게 남았더라도 시신이 있다면 되는 것이다.

아티모르는 이제 여동생을 되살릴 수 있을 거라는 희망에 벅차올랐다.

비록 아무런 원한도 없는 이의 목을 취해야 한다는 것. 그리고 전 같았다면 상종도 안했을 마도국의 인간들과 손을 잡아야 한다는 것이 께름칙했으나, 감내하기로 했다.

그런데 십존과 하멜 후작가의 싸움은 그들의 패배로 끝났다.

게다가 깨끗하게 죽을 수도 없었다.

죽을 만큼 그리웠던 다리아가 그의 앞에 나타나 눈물을 흘리고 있었다.

그에게 그른 일을 하지 말라며 당부하고 있었다.

"다리아……."

"오빠……."

"다리아!"

아티모르가 마리엘의 손을 뿌리치고서 앞으로 달려 나갔다.

다리아를 껴안을 요량이었으나 갑자기 그녀는 사라져 버렸다.

아티모르는 놀라서 주변을 살폈다.

"다리아? 다리아!"

그런 그의 옆으로 다가간 마리엘이 다시 어깨에 손을 올렸다. 동시에 사라졌던 다리아도 다시 모습을 드러냈다.

"이봐, 지금 누구 때문에 동생을 볼 수 있다고 생각하는 거야? 이건 내 능력이야. 내게서 떨어지면 동생을 못 본다고. 알아들어?"

"…몰랐소. 미안하오. 그리고… 고맙소."

아티모르는 진심을 담아 마리엘에게 말했다.

그런 그에게 다리아가 다가왔다.

"오빠… 나 보고 싶었지?"

"말하다마다. 보고 싶기만 했겠느냐?"

"나는 매일같이 보고 있었는데."

"매일? 늘 내 곁에 있었단 말이냐?"

"그럼… 내가 오빠를 두고 어딜 가."

다리아가 눈물 젖은 미소를 지었다.

아티모르의 입가에도 쓴웃음이 맺혔다.

그의 손이 다리아의 얼굴을 어루만졌다. 하지만 아무런 느낌도 없었다. 그저 허공을 쓰다듬을 뿐이었다.

"아……."

아티모르가 깊은 안타까움을 흘렸다.

그래, 이미 죽은 사람이다.

마리엘의 능력으로 눈에 보일 뿐이지 다시 살아난 게 아니다.

그걸 알고 있었으면서도 은근한 기대를 가졌던 모양이다.

따스함 대신 헛헛한 바람만 손가락 사이를 훑고 지나가는 것이 그토록 가슴 아플 수 없었다.

한편, 그런 아티모르를 지켜보는 십존들은 의아할 수밖에 없었다.

"진짜 다리아가 보이는 거야?"

람이 물었다.

그러나 누구도 대답하지 못했다.

다들 람과 같은 상황이었기 때문이다.

"일단 지켜보자."

제펠이 나직이 말했다.

아티모르와 다리아는 서로에게서 시선을 떼지 못했다.

"오빠… 이제 그만해."

"그만 하라니?"

"멈춰. 날 살리려고 그릇된 일을 하는 건 안 돼."

"아니. 그릇된 일이 아니야. 내가 널 살리는 게 그릇된 일일 리가 없잖느냐."

"죽은 사람을 다시 살려내는 게 그릇되지 않았다고? 정말 그렇게 생각해?"

"다리아. 무슨 말을 하는지 안단다. 그러나 너 하나 되살린다고 세상이 어떻게 되는 건 아니야."

"오빠. 그런 작은 생각들이 모여서 결국 큰일을 만드는 거잖아. 오빠가 나한테 늘 그렇게 얘기했잖아."

"하지만 다리아. 이건 경우가 다르……."

"오빠!"

"……"

다리아가 힘주어 아티모르를 불렀다.

아티모르는 꿀 먹은 벙어리가 되었다.

"그렇게 해서 내가 다시 살아나면… 그러면 난 행복할까? 정말 즐거울까?"

"다리… 아?"

"오빠도 알잖아. 그건 천륜을 거스르는 일이야. 그런 일엔 늘 화가 따라. 그런 식으로 되살아난다고 해도, 이미 그건 내가 아니라고. 그런데 정말 우리가 예전처럼 행복할 수 있을 거라고 생각해?"

"……"

"다시 한 번 잘 생각해 봐. 그건 오히려 비극일거야. 무엇보다… 지금 이런 상황이 되어버려 날 살릴 수 없게 되었지만, 만약 하멜 후작의 목을 취하고 내가 살아났다면 내 기분은 어떨 거 같아?"

아티모르는 할 말이 없었다.

다리아의 말을 구구절절이 옳았다.

그리고 다리아의 성정상 다른 사람의 목을 취한 대가로 되살아난다고 하면 평생토록 아티모르를 원망할 것이 분명했다.

"오빠한테 내 목숨이 소중하듯, 다른 사람의 목숨 역시 그 주변 사람들에게는 소중할거야. 나 하나 때문에 수많은 사람을 슬프게 만들려고 한 거야, 오빠는."

"다리아……."

"이제 그만해, 오빠. 그만… 멈춰. 난 괜찮아. 오빠보다 조금 먼저 가서 기다리면 되는 거잖아. 어렵지 않아."

"나는 그게 힘들구나."

"하지만 여기서 잘못된 마음을 먹는다면, 더 힘들어질 거야. 게다가 이미 어그러진 일이잖아."

아티모르는 아르디엔에게 졌다.

그것도 너무나 완벽하게.

어차피 그녀를 살릴 수는 없는 상황이었다.

아티모르의 눈에서 끝끝내 참았던 눈물이 쏟아져 내렸다.

"미안하다, 다리아… 이 못난 오빠는 결국 널 지켜주지 못했구나. 그때도… 지금도……."

"오빠……."

비로소 다리아의 입가에 미소가 걸렸다.

그 미소는 포근하고 아름다웠다. 동시에, 쓸쓸했다.

그녀가 두 팔을 벌려 아티모르를 안았다.

진짜로 안을 순 없었지만, 아티모르는 그녀의 따스한 마음이 전해지는 것 같았다.

"이제 더는 힘들어 하지 마, 오빠."

"그래. 더는 힘들 일이 없겠지."

아티모르가 아르디엔을 바라보았다.

"이제 곧 나도 널 따라가게 될 것 같으니."

다리아의 시선도 덩달아 아르디엔에게 향했다.

하지만 아르디엔은 그녀를 볼 수 없었다.

"그와 약속했단다. 지는 사람의 목을 내놓기로. 그렇게 시작된 싸움이고 내가 졌다. 나는 약속을 지켜야 한단다."

"오빠, 그러지마. 하멜 후작님을 설득해 봐."

"나는 무인이란다. 목숨을 구걸할 순 없다는 걸 잘 알잖느냐."

"마리엘이라고 했었죠?"

다리아가 다급히 마리엘을 불렀다.

"그런데?"

"하멜 후작님과 얘기하고 싶어요. 절 좀 도와주시겠어요?"

마리엘이 고개를 절레절레 저었다.

"여러 가지로 귀찮게 하네. 아르디엔!"

마리엘의 부름에 아르디엔이 가까이 다가왔다.

마리엘은 아르디엔의 등에 손을 댔다.

이제 아티모르와 아르디엔 둘 모두 다리아를 볼 수 있었다.

"할 얘기 있으면 해."

다리아는 아르디엔에게 인사부터 건넸다.

"처음 뵙겠어요. 다리아 마렌이에요. 전… 아티모르의 여동생이기도 하구요."

"그런데?"

아르디엔은 무감정한 목소리로 물었다.

"하멜 후작님. 제가 간곡히 부탁하건데 오빠의 목을 취하지 않으시면 안 될까요?"

아티모르가 참담한 얼굴로 고개를 저었다.

"그건 안 될 말이다, 다리아. 목숨을 구걸하다니. 날 더 비참하게 만들 셈이냐?"

그러나 다리아는 아티모르의 말을 들은 척도 안했다.

"이렇게 부탁드릴게요."

다리아가 바닥에 무릎을 꿇었다.

"다리아!"

아티모르의 언성이 높아졌다.

십존들은 상황이 어떻게 돌아가는 건지 몰라 어리둥절했다.

아르디엔이 다리아와 아티모르를 번갈아 보다가 한마디를 툭 던졌다.

"그를 살려두면 내게 무슨 이득이 있지?"

"오빠는 은원을 절대 잊는 사람이 아니에요. 어떻게든 그 목숨값만큼 도움을 드릴 거예요!"

"다리아, 제발 그만 하거라."

아티모르는 진정으로 이 상황이 괴로웠다.

태어나서 지금껏 단 한 번도 누군가의 앞에 무릎 꿇어 본 적이 없는 아티모르였다.

다리아 역시 그랬다.

그런데 지금은 두 남매가 모두 아르디엔이라는 한 사람 앞에 무릎을 꿇고 있었다.

아티모르의 목숨은 아르디엔의 손에 달려 있다.

다 무너지고 부서져 폐허가 된 언덕에 긴장 어린 적막이 내려앉았다.

다리아가 간절한 시선으로 아르디엔을 바라보았다.

한편으로는 아르디엔의 표정을 살피기도 했다.

그러나 아르디엔이 무슨 생각을 하고 있는지 도무지 알 수 없었다.

그의 얼굴은 표정이 없었고 눈동자는 맑고 투명해 아무런 생각을 읽을 수 없었다.

침묵을 지키던 아르디엔이 드디어 입을 열었다.

"이미 내게 널 죽일 힘은 없다."

"무슨 말이오?"

아티모르는 이해할 수 없는 그의 말에 물음을 던졌다.

"아직 난 완벽하게 데미갓의 경지에 오른 게 아니다. 데미갓의 경지는 반신의 영역에 도달하는 것인만큼 익숙해지려면 시간이 필요하지. 지금 내 수준에서는 유지할 수 있는 시간이 얼마 되지 않는다. 게다가 한 번 데미갓이 되었다가 돌아오면 잠시 동안 아무런 힘도 발휘하지 못하게 된다. 널 죽이려 했다면 아까 그 손을 멈추지 않았어야 돼. 그러니 지금은 널 죽일 수 없다. 반대로 넌 날 죽일 수 있겠지. 일어서라."

아티모르가 꿇었던 무릎을 펴 아르디엔의 앞에 마주 섰다.

"선택은 내가 아니라 네가 해야 할 것 같은데."

"뭐하는 짓이야, 이 멍청한 후작이!"

갑자기 상황이 이상하게 꼬이자 마리엘이 성질을 냈다.

자신을 잡아 죽이겠다고 찾아온 적의 목숨을 살려주는 것으로도 모자라 자기 목까지 내놓으려 하다니.

그게 제정신으로 할 짓인가?

아티모르는 아르디엔을 지그시 바라보다가 무언가 결심한 얼굴로 두 주먹을 꽉 쥐었다.

마리엘이 긴장했다.

하멜 후작가의 다른 이들도 긴장해서 일제히 자신의 무기에 손을 올렸다.

십존들 역시 마찬가지였다.

여차하면 두 집단이 대격돌을 일으킬 것이다.

한데 다음 순간 아티모르는.

"……!"

"……!"

"……!"

고개를 숙였다.

그 자리에 있던 모든 이들의 눈이 휘둥그레졌다.

"아르디엔 하멜 후작. 그대는 그릇 자체가 나와 다른 사람이오. 이 싸움은 처음부터 내가 진 것이었소."

아티모르가 패배를 인정했다.

이번에는 육체적 패배가 아닌 마음의 패배였다.

"나는 좋은 기회가 온다면 앞뒤 잴 것도 없이 낚아채려 드는 무뢰배가 아니오. 그리고 이번의 싸움은 모두 나의 그릇된 마음에서부터 벌어진 일이니, 진심으로 사과드리겠소. 마지막으로……."

아티모르가 다리아를 바라봤다.

그녀의 입에 미소가 맺혔다. 아티모르의 얼굴에도 그와 꼭 닮은 미소가 그려졌다.

이를 본 십존들의 눈시울이 붉어졌다.

대체 얼마 만에 그가 웃는 것인지…….

아티모르가 못 다한 말을 이었다.

"정말 고맙소, 마리엘. 이렇게나마 다리아와 다시 만나게 해주어서. 이제… 마음이 좀 편해지는 것 같소."

"다행이야. 정말 다행이야, 오빠."

"그래… 정말 다행이야."

두 남매가 서로를 바라보며 행복해했다.

하지만 이 만남은 처음부터 이별을 전제로 한 것이었다.

다리아는 이제 자신이 가야 할 곳으로 걸음을 옮겨야 한다.

그녀의 영혼이 밝게 빛났다.

아티모르가 형언할 수 없는 표정으로 그런 다리아에게서 눈을 떼지 못했다.

"오빠 난 이제 가야 해. 그전에 오빠와 얘기할 수 있어서 좋았어."

"아아… 다리아…!"

"오빠, 부디… 그곳에서 남은 여생은 행복하게 보내다가… 아… 아아……."

"다리아……?"

"오빠아……!"

아티모르에게 이별을 고하던 다리아의 영혼이 어딘가로 빠르게 사라졌다.

마치 강제적인 힘이 작용해 그녀를 끌고간 것 같았다.

"다리아아아아!"

아티모르는 그녀가 사라진 하늘을 보며 소리쳤다.

그것은 마치 상처를 가득 입은 맹수의 포효와도 같았다.

Chapter 04
사랑은 달빛을 타고

아르디엔 전기

십존과 아르디엔 일행은 하멜 후작가의 저택에 모였다.

한데 케이아스는 보이지 않았다. 그는 레나와 알콩달콩한 시간을 보내고 오겠다며 가버렸다.

연회실의 기다란 테이블에 자리를 한 그들 앞엔 레인보우 펍의 맛있는 요리들이 가득 차려졌다.

하지만 누구도 먼저 음식에 손을 대지 않았다.

그저 어색한 기운만이 감돌았다.

이에 요리를 준비한 아로아가 툴툴댔다.

"다들 이러실 거예요? 이 새벽에 이만한 음식 준비하기가 쉬운 줄 알아요? 한동안 도시 하나 없애버릴 것마냥 싸우다 별일 없이 돌아와서 화해한 줄 알았더니 아닌가 봐요? 그럼 지금이라도 제대로 화해해요. 멍석 깔아주느라 힘들었으니까 성의라도 보이라구요."

아로아는 십존들을 상대로 조금도 기죽지 않았다.

오히려 음식이 식어가는 데도 포크 한 번 놀리지 않는 그들을 꾸짖었다.

정말로 담이 큰 여인이었다.

"다 큰 어른들이 유치하게 진짜 이럴 거예요?"

아로아는 결국 특단의 조치를 취하기로 했다.

그녀가 포크 하나를 들어 조리된 양고기 한 점을 푹! 찍었다. 그리고 아티모르에게 다가가더니 그의 코앞에다 양고기를 들이밀었다.

"먹어요."

"……."

아티모르가 묵묵히 아로아를 바라봤다.

그리고 한참 망설이다가 겨우 입을 열었다.

"지금 딱히 생각이 없는지라 정중히 사양하……."

하지만 사양 따윈 없었다.

아로아가 그의 입에다가 양고기를 우겨 넣었다.

"욱!"

졸지에 양고기 맛을 본 아티모르는 처음엔 인상을 찌푸렸지만, 입을 몇 번 더 오물거린 뒤 음식을 맛보는데 집중하기 시작했다.

그러다 입에 들어온 양고기를 모조리 삼켰다.

꿀꺽!

"맛이 어때요?"

아로아가 자신만만한 얼굴로 물었다.

아티모르는 무언가에 홀린 듯한 얼굴로 대답했다.

"맛있소."

"얼마나 맛있는데요?"

"무척이나……."

아티모르의 솔직한 반응에 다른 사람들도 슬슬 음식으로 시선을 돌렸다.

그때 마침 레나와 회포를 푼 케이아스가 연회실로 들어섰다.

"와~! 진수성찬!"

케이아스는 냅다 테이블로 다가와 포크와 나이프를 들고서 이 음식 저 음식들을 마구 입에 집어넣었다.

"우적우적! 꿀꺽! 하아~ 역시 레인보우 펍의 음식들은 최고야!"

케이아스가 정신없이 음식을 먹기 시작하자 람도 포크를

들었다.

"더 이상은 못 참아!"

마치 선전포고를 하듯 외친 람이 케이아스보다 더 게걸스럽게 음식들을 먹어치웠다.

람의 성격상 지금껏 참은 것도 대단한 일이었다.

"우와아아아아! 진짜 맛있어! 여기 음식들 최고야!"

람의 뒤를 이어 모디안이 포크를 들었다.

"나도 즐겨볼까? 얼마나 맛있는지."

아직 음식을 맛보지 못한 십존들의 귀추가 모디안에게 집중되었다.

그는 십존들 사이에서 미식가로 유명하다.

때문에 식당에 들어가 돈을 내고 먹는 요리가 맛없을 경우 바로 눈이 돌아가 난동을 부리곤 했다.

모디안의 평가가 맛의 정확한 척도를 알려줄 것이다.

모디안은 소고기 스테이크 한 조각을 썰어 입에 넣고 씹었다.

눈을 감고서 한참 맛을 음미하던 그의 양 볼이 파르르 떨렸다.

화가 났나? 싶었지만 그게 아니었다.

감았던 눈을 뜬 그가 만면 가득 미소를 머금었다.

"맛있어. 정말 맛있어. 이렇게 맛있는 스테이크는 정말 오래간만이야!"

모디안의 극찬에 모든 십존들이 포크와 나이프를 들었다.

그 뒤로는 전쟁이었다.

서로 조금이라도 음식을 더 먹기 위해 입과 손을 빠르게 놀리기 시작했다.

그 모습을 보고 있던 하멜 후작가의 사람들도 허기가 졌다.

사실 레인보우 펍의 음식이 얼마나 맛있는지 잘 알고 있는 그들은 처음부터 먹고 싶어 죽을 지경이었다.

게다가 하루 종일 싸우고 난 뒤였으니 얼마나 배가 고프겠는가.

하지만 자존심이 있어서 꾹 참아온 것뿐이다.

한데 십존이 먼저 음식을 먹기 시작했으니, 이제 거칠게 없었다.

마리엘과 크라임이 서로를 바라보며 고개를 끄덕였다.

그들은 바로 포크와 나이프를 들었다.

그 뒤를 따라 다른 이들도 식기구를 들고서 갖가지 요리들을 공략했다.

그제야 아로아의 얼굴이 밝아졌다.

"그렇죠~! 그렇게 먹어야 예쁘지."

결국 테이블 다리가 휘도록 차려진 음식은 순식간에 사라지고 말았다.

＊　　　＊　　　＊

그야말로 음식으로 대동단결된 상황이었다.

그전까지만 해도 어색함만 감돌던 두 집단 사이에 슬슬 이야기가 오고 가기 시작했다.

그러다가 나중에는 여기저기서 웃음소리가 들려왔다.

아까 싸울 때는 조금 심했던 것 같다며 사과하는 이도 있었다.

십존과 하멜 가문의 사람들은 이제 어색함 없이 서로 어울렸다.

적대감 같은 건 사라진 지 오래였다.

아티모르는 레인보우 펍의 특제 맥주를 한 잔 들고서 아르디엔에게 다가왔다.

"음식도 그렇지만 맥주 역시 대단히 맛있소."

"당연하지. 그녀가 만든 거니까."

아르디엔이 턱짓으로 아로아를 가리켰다.

그녀는 케이아스와 람, 아리나 사이에 끼어서 대화를 나누고 있었다.

그러다 아르디엔과 시선이 마주치자 활짝 웃었다.

"연인이오?"

아티모르가 물었다.

"그래. 내 여자야."

"부럽구려. 멋진 여인이오."

아티모르가 아로아를 접한 건 잠깐이었지만 그 짧은 시간으로도 그녀의 가치를 충분히 알아볼 수 있었다.

"그러니 내 여자가 되었겠지."

"오늘 정말 미안하고 고마웠소."

"그 얘기는 아까 다 끝났잖아."

"마음 같아선 백번도 더 하고 싶지만, 이만하도록 하겠소."

"앞으로 어쩔 거지?"

아티모르가 맥주를 크게 한 모금 마시고서 대답했다.

"모르겠소. 다리아가 가버리고 나선 그 아이를 되살리는 것에만 혈안이 되어 여태껏 달려왔는데… 일이 이렇게 되고 나니 좀 허한 기분이오."

"다리아가 있을 땐, 어찌 살았지?"

그 물음은 아티모르를 고민에 빠지도록 만들었다.

한참 동안 생각에 생각을 거듭하던 그가 겨우 입을 열었다.

"그냥 즐거웠소. 딱히 무얼 하지 않아도 좋았고, 목적이 없어도 행복했소."

"그럼 앞으로도 그렇게 살면 되겠군."

간단명료했다.

아르디엔은 단 몇 마디만으로 그에게 삶의 방향을 제시했다.

아티모르는 잠시 멍해 있다가 픽 웃었다.

그건 자기 자신도 잘 아는 일이었다.

다만, 지금의 상황이 너무도 낯설어 아는 걸 실천으로 옮기지 못할 뿐이다.

"말처럼 쉬운 게 아니오."

"고민은 부질없다."

"알고 있소. 그러나……."

"그런 말이 있지. '고민을 해서 고민이 해결되면 고민이 없겠다' 라는."

"…재미있는 말이구려."

"뜻을 알아들었다면 더 이상 고민하지 말고 전처럼 살아. 다리아가 있었을 때처럼 즐겁게, 하루하루 행복하게. 이미 지나간 시간은 다시 돌아오지 않아. 네가 되돌아봤을 때 지나간 나날들이 그저 고민으로만 가득 차 있다면 과연 기분이 어떨 것 같아?"

아티모르는 말문이 막혔다.

입을 오물거리며 아르디엔을 아래위로 훑어본 그가 물었다.

"대체 나이가 어찌 되오?"

"열아홉이다."

"……."

나이를 물어보고 나니 더 말문이 막혔다.

대체 그 어린 나이로 어찌 저런 얘기들을 할 수 있는 것인 가.

열아홉이면 약관도 안 된 애송이다.

그런 사람에게 두 배 이상 삶을 산 자신이 인생 설교나 듣 고 있었다니.

기가 막힐 노릇이었다.

하지만 아르디엔을 가만 보고 있자면 도저히 열아홉으로 보이지 않는다.

얼굴은 동안이지만 몸에서 느껴지는 기운이 달랐다.

함부로 얕보거나 깔볼 수 없었다.

나이와 달리 깊고 중후한 분위기 또한 풍겨졌다.

'그러고 보니……'

나이를 알고 나서 또 하나 궁금한 게 생겼다.

어떻게 그 적은 삶을 살며 반신의 경지까지 오르게 되었느 냐 하는 것이다.

한 사람이 무학에 평생을 투자해도 극의의 근처조차 가지 못하고서 삶을 마감하는 경우가 대부분이다.

근데 아르디엔은 극의의 경지를 넘어서 버렸다.

'놀랄 일이군.'

알면 알수록 더더욱 모를 사내였다.

＊　　　＊　　　＊

십존들은 그날 새벽, 하멜 후작가를 떠나기로 했다.

아르디엔은 눈을 부치고 가라 권했지만 더 신세를 질 수 없다는 것이 아티모르의 입장이었다.

저택의 정원에 십존과 아르디엔이 모여 서 있었다.

아티모르가 대표로 아르디엔에게 악수를 청했다.

"이만 가보겠소."

아르디엔이 손을 맞잡았다.

"좋은 추억이 되겠군."

"도움이 필요하다면 꼭 찾아주시오."

아티모르가 그리 말하며 작은 소라 껍데기를 건네주었다.

'아티팩트인가?'

아르디엔이 그것을 받아들며 물었다.

"그렇소. 우리 모두 하나씩 갖고 있소."

십존들이 일제히 아르디엔의 것과 똑같은 소라 껍데기를 꺼내 들었다.

"그대에게 건네준 것은 내 것이오. 껍데기에 새겨진 오망성이 보일 거요."

소라 껍데기의 한구석엔 그의 말대로 큼직한 하얀색의 오망성이 그려져 있었다.

"그 오망성을 손가락으로 따라 그리면 아티팩트에 인챈트 된 마법이 활성화되오. 그리고 거기에 인챈트 된 마법은 컨택트요. 언제든 우리와 연락을 취하고 싶다면 그 소라 껍데기를 이용하시오. 그럼 어디에 있어도 서로의 음성을 들을 수 있을 것이오."

"도움이 필요할 때 요긴히 사용하지."

"얼마든지 그러도록 하시오."

아티모르가 흔쾌히 고개를 끄덕였다.

"그럼 이만 가보겠소."

"어디로 갈 거지?"

몸을 돌리려던 아티모르는 그 물음에 잠시 생각하다 대답을 내놓았다.

"우선은 마도국으로 가야 하오. 그곳에 우리가 머무는 저택이 있소."

"마도국에서 계속 지낼 생각은 아닐 테고."

"그럴 순 없소. 루틴이 부탁한 일을 완수하지 못했으니. 짐을 챙겨 나와야겠지."

더불어 다리아의 시신도 꺼내서 이제는 양지 바른 곳에 잘

묻어줘야 할 것이다.

그리고 새로운 삶을 시작해야 한다.

다리아가 없는⋯ 대륙 십존의 새로운 삶을 말이다.

아티모르가 등을 돌렸다.

다른 십존들도 따라서 등을 돌렸다.

푸른 달빛을 받으며 그들이 정원을 벗어나 하멜 후작가 밖으로 나갔다.

그렇게 십존과의 전투는 막을 내렸다.

*   *   *

라미안과 아로아는 테이블을 정리하고 있었다.

다른 사람들은 다들 각자가 있어야 할 곳으로 돌아갔다.

"라미안."

"네?"

"그만 들어가 쉬세요. 오늘 많이 피곤하셨을 텐데."

"아니, 괜찮아요. 그보다 이 많은 접시들을 아로아님께서 어떻게 정리하시려구요."

"대충 쌓아두기만 하고 내일 종업원들 시켜서 나르게 하면 돼요."

"그럼 저도 접시 쌓고 테이블 닦고 하면서 도울게요."

"괜찮으니까 좀 쉬어요."

아로아는 돕겠다는 라미안을 끝까지 만류했다.

"어차피 잠도 안 오는 걸요."

라미안이 잔잔한 미소를 지어보였다.

저 미소엔 정말 당할 수가 없었다.

얼마나 순수하고 청초한지, 보는 이의 마음이 다 노곤노곤 해질 지경이다.

하지만 오늘은 아로아도 질 수 없었다.

"그래도 많이 피곤해 보이는 걸요."

라미안은 그제야 아로아가 왜 자신을 그토록 돌려보내려 하는지 알 수 있었다.

"아, 그런가요? 그럼 무리해서라도 눈을 부쳐봐야겠네요."

"그래요. 그래요."

아로아가 비로소 편한 얼굴로 고개를 끄덕였다.

라미안이 아로아에게 인사를 건네고서 연회실을 나왔다.

복도를 거닐던 그녀는 십존을 배웅하고 돌아오던 아르디 엔과 마주쳤다.

"고생 많았어요, 아르디엔님."

"라미안이야말로 고생했어. 아로아는?"

"안에서 정리하는 중이에요."

"그렇군. 아카데미로 가는 건가?"

"네."

"내 저택에서 하루 묵고 가지. 늦었는데."

"괜찮아요. 그렇게 멀지도 않은 걸요."

"호위기사를 붙… 아니, 그럴 필요 없을 테지."

아르디엔의 말에 라미안이 웃음을 터뜨렸다.

라미안은 7서클의 백마법사다.

어떤 기사가 그녀를 호위할 자격이 있단 말인가?

"가볼게요."

"그래, 잘 가."

라미안은 미소로 화답하고 하멜 후작가를 나섰다.

＊　　　＊　　　＊

라미안은 달빛이 비추는 대로를 천천히 거닐었다.

아로아가 라미안의 도움을 한사코 거절했던 이유.

그건 아르디엔과 조금이라도 빨리 둘만의 시간을 가지고 싶었기 때문이다.

'사랑일까?'

사랑이라는 것이 무언지 요즘 들어 라미안은 자주 생각해 보게 된다.

그전에는 전혀 관심이 없었다.

한데 주변에 사랑을 나누는 이들이 하나 둘 생겨나기 시작하면서 관심이 생겼다.

아르디엔과 아로아.

크라임과 마리엘.

케이아스와 레나.

모두 그들만의 방식으로 아름다운 사랑을 이어나가고 있었다.

사랑이라는 감정은 어떻게, 어디서부터 시작되는 것일까?

궁금했다.

남녀사이에 어떠한 계기가 생겨야 하는 건지, 아니면 한눈에 반해버리는 건지, 알고 싶었다.

그런 생각들에 잠겨 걷는 와중 저 멀리서 술에 잔뜩 취한 주정꾼 하나가 비틀비틀거리는 게 보였다.

밤인데다 워낙 멀어 그 실루엣만 대략적으로 보였다.

계속 뭐라고 중얼거리다가 길거리에 털푸덕 쓰러진 주정꾼은 대자로 드러누워 버렸다.

'위험하겠는 걸.'

라미안은 주정꾼에게 술이 깨는 마법 큐어 드렁큰이라도 시전해줄 요량으로 다가갔다.

못 봤으면 모를까 이미 봤는데 그냥 지나칠 수는 없었다.

한데 가까이 다가가 확인한 주정꾼의 얼굴은 익히 잘 아는 사람의 것이었다.

"…영주님?"

부름에도 대답 없이 코만 골아대는 그는 알버트 스트라이 더였다.

라미안이 근처에 쪼그리고 앉아 알버트의 어깨를 살짝 흔들었다.

"영주님."

그러자 살짝 정신을 차린 알버트가 잘 떠지지 않는 눈으로 라미안을 바라보았다.

"아… 어? 이 아름다운 얼굴은 라미안 양이 아니신가요? 한데 어쩌자고 외로운 남정네의 침실까지 행차하셨는지? 안 돼요~ 라미안. 전 여인의 유혹에 약한 남자라 손짓 한 번에도 넘어가 버린답니다~"

알버트의 술주정에 라미안이 피식 웃었다.

"영주님, 여기 길바닥이에요."

"네?"

그제야 알버트가 힘겹게 몸을 일으켜 고개를 푹 떨구고 바닥을 살폈다.

"아… 이런, 또 술 마시고 들어왔다고 올리버 경이 절 밖으로 집어 던졌나 보네요. 하여튼 자기가 호위해야 할 영주를 때리고 구박하고 독설까지 하는 그 건방진 기사 양반을 빨리 해고해야 하는데 말이죠."

"호호호."

라미안이 입을 가리고 웃었다.

"하하하하하하하하!"

알버트도 따라 웃었다. 그러다가 고개를 갸웃거리더니 물었다.

"근데… 왜 웃으시죠?"

라미안이 검지를 폈다.

"첫째. 영주님은 혼자 걸어 나와서 길바닥에 드러누우셨어요."

"제가요?"

"네, 그리고 둘째."

라미안이 중지를 폈다.

"올리버 경이 아니었다면 지금껏 영주님 곁에서 버티지 못했을 걸요? 영주님이 해고시키기 전에 먼저 뛰쳐나갔을 거예요. 더 이상 못해먹겠다고 했을 게 뻔해요."

"아아 그런가요. 한데… 라미안 양은 너무하시는군요."

알버트가 약간 토라진 표정을 지었다.

자기 기분이 별로라는 표현을 극대화하기 위해서 팔짱도 끼려 했다. 그런데 술 취한 몸이 잘 따라주지 않아 몇 번의 시도 끝에 겨우 팔짱을 끼었다.

결과적으로 알버트는 더 우스운 꼴이 되고 말았다.

그러거나 말거나 취한 알버트에게는 아무 상관이 없었다.

"뭐가 너무한데요?"

라미안이 되물었다.

"유독 저한테만 가슴 아픈 독설을 날리신단 말이죠."

"제가요?"

"네에~ 라미안 양이요."

그런가?

라미안은 자신과 알버트 사이의 일들을 되새겨 보았다.

가만 생각해 보니 정말 알버트에겐 거침없이 말하고 행동했던 것 같았다.

왜 그랬을까?

"알버트가 유독 편해서 그랬나 봐요. 상처가 되었다면 미안해요."

"조금 전까지는 상처였지만 방금 생각이 바뀌었다는 말씀!"

"네?"

토라졌던 알버트가 싱글거리며 웃었다.

"라미안 양의 말이 맞는 것 같아요. 다른 사람들보다 내가 편해서 그랬겠죠~ 그렇다면 얼마든지 들어줄 수 있어요. 하루 종일 독설을 해도 괜찮아요."

라미안이 피식 웃었다.

"정말 많이 취했네요."

"취했지요. 바로 당신에게."

또 버릇처럼 작업 멘트를 날리는 알버트의 모습이 이제는
너무나 익숙했다.

"술 깨게 해드릴게요. 이제 잠은 집에 가서 주무세요. 큐어
드렁……"

"잠깐!"

알버트가 두 손을 내밀며 라미안의 마법을 막았다.

"왜 그러세요?"

"조금만 더 취한 채로 있고 싶은데요오."

"몸도 제대로 못 가누면서 그러고 싶어요?"

"내가 왜 술을 마시는지 아시나요?"

"술을 좋아하니까요."

"좋기는요. 쓰기만 한데. 취하는 게 좋아서 마십니다."

아무래도 오늘 알버트는 속 얘기를 하고 싶은 모양이었다.

라미안은 그런 알버트의 말벗이 되어주기로 했다.

"일단 좀 앉을까요?"

길거리에 덩그러니 놓여진 벤치로 알버트를 끌고 가 앉았
다. 그리고 물었다.

"왜 취하는 게 좋은데요?"

"맨 정신으로는 영주직을 맡기가 힘들거든요."

"왜요?"

"저는 이런데 어울리는 그릇도 아니고 많은 사람들의 안녕을 짊어질 만큼 강하지도 않다는 사실을 알고는 계시려나?"

"그전에 무용지물 알버트라 불리었다는 건 알고 있어요."

"바로 그겁니다. 그 생활을 버리고 이런 영주직에 앉아 있자니 매일매일이 버겁다는 말씀."

"그래도 잘 해나가고 계시잖아요."

"그래야죠. 내가 제대로 하지 않으면 숱한 사람들이 힘들어질 테니까. 그런데 사실 영주직 맡는 것보다 힘든 일이 있답니다아~!"

알버트가 푸후~ 한숨을 내쉬며 라미안의 어깨에 머리를 기댔다.

라미안은 피하지 않고 그의 술주정을 고스란히 받아주었다.

오늘은 알버트의 모든 것을 받아주리라 마음먹었다.

말이 쉬워 영주지 그에게 얼마나 많은 고통이 따랐을 것인가.

그렇다고 어디 가서 매일 힘들다고 우는 소리 할 수도 없는 노릇이다.

알버트에게도 이런 날은 필요하다.

"그게 뭔데요?"

영주일보다 힘든 일, 그게 뭘까?

알버트는 달뜬 숨을 몰아쉬었다.

그의 숨엔 알콜향이 진득하게 배어 있었다.

"외롭네요."

"외롭다구요?"

라미안은 말도 안 된다고 생각했다.

그의 곁엔 언제나 여자들로 버글거렸다.

알버트는 타고난 바람둥이였다.

여자들은 그가 바람둥이라는 것을 알면서도 좋아했다.

그가 어딜 가던 어디에 있던 여자들은 귀신 같이 알고 쫓아다녔다.

그런데 외롭다니?

라미안은 그의 말을 이해할 수 없었다.

알버트가 라미안의 얼굴을 살피다가 웃었다.

"지금 내가 헛소리 한다고 생각하죠? 그렇죠?"

정곡을 찔렀다.

하지만 라미안은 당황하지 않고 순순히 인정했다.

"맞아요."

"주변에 여자가 많다고 외롭지 않은 게 아니에요. 다들 진짜 알버트는 관심 없고 바람둥이 영주 알버트에게만 관심이 있는 거니까. 그중에 진정으로 날 봐주는 사람은 한 명도 없어요."

그리 말하는 알버트의 모습이 유난히 쓸쓸해 보였다.

"여태껏… 그런 얘기 한 번도 안했잖아요."

라미안이 말했다.

누구 앞에서도 약한 모습을 보인 적 없는 알버트였다.

그런데 오늘은 좀 달랐다.

평소의 장난기 가득하지만 어디서나 당당하고, 믿음직한 알버트가 아니었다.

상처 많은 아이 같았다.

"한 번도 이런 얘기할 사람이 없었으니까."

"…나한테는 왜 하셨나요."

"모르겠네요. 술의 힘인가? 사람 마음 흔들어 놓는 달빛 때문인가? 새벽 공기가 좋아서일까요? 왜 나는 라미안 양에게 그랬을까요?"

알버트가 라미안의 어깨에서 머리를 뗐다.

그리고 그녀의 눈을 똑바로 바라봤다.

알버트는 평소처럼 미소 짓고 있었지만, 그 미소는 너무나 서글펐다.

라미안의 가슴 한구석이 괜히 욱신거렸다.

그녀가 말했다.

"이제 술에서 깨게 해드릴게요."

알버트의 고개가 좌우로 천천히 흔들렸다.

"아니, 그래도 깨지 않을 것 같아요."

"큐어 드렁큰."

라미안이 마법을 시전했다.

환한 빛이 알버트의 몸을 휘감고 사라졌다.

확실히 마법의 힘으로 알콜의 기운은 모두 날아갔다.

"어때요? 좀 괜찮아요?"

"아니오."

"그럴 리가요. 술기운은 전부……."

"네, 술기운은 사라졌어요. 근데 계속 취해 있네요."

"그건 말이 안……."

"당신한테."

"……네?"

갑자기 세상이 멈춘 것 같았다.

라미안은 알버트의 마지막 말을 계속해서 곱씹었다.

그러다가 갑자기 심장이 미친 듯이 뛰었다.

쿵쿵쿵쿵! 하는 진동이 크게 울리며 머리가 하얗게 되었다.

그 다음엔 몸이 떨려왔다.

그 모든 현상들을 한마디로 표현하기가 힘들었다.

그저… 내가 느껴진다고 해야 할까?

라미안은 도무지 사고라는 게 되지 않는 머릿속에서 겨우 겨우 단어 몇 개를 끄집어냈다.

"장난치지 말아요."

"전 로맨티스트랍니다."

"네?"

"사랑 갖고 장난치지 않는다구요."

"영주님… 전 무슨 얘기인지……."

"얘기한 그대론데요."

"하지만 평소에 저한테 조금도 그런 식의 감정을… 표현하지 않으셨잖아요."

"당신한테는 유독 짓궂은 장난을 치지 않았었는데."

"……."

듣고 보니 그랬다.

라미안은 그저 알버트가 다른 사람 보다 자기를 조금 더 어려워한다고 생각했었다.

한데 그게 아니란다.

라미안에게 이성적으로 호감을 느껴서 자제한 것이라고 말하고 있었다.

혼란스러워 하는 라미안의 어깨를 알버트가 붙들었다.

"라미안 양~."

"네?"

"마음에 둔 남자가 있나요?"

"아니오."

"나 같은 남자는 싫은가요?"

"싫은 건 아니지만……."

크게 이성적으로 생각해 본 적이 없었다.

"그럼 좋은가요?"

굳이 싫다 좋다로 나누자면 좋은 쪽에 속한다.

"네… 좋아요."

"저도 라미안 양을 좋아합니다."

똑같이 좋다는 이야기가 오고 갔다.

이성으로서 생각한다는 뜻이 아니었는데 분위기가 묘했다.

심장이 전보다 더 뛰었다.

자신을 바라보는 알버트의 깊고 맑은 눈동자가 혼을 빼놓을 것 같았다.

술을 입에도 대지 않았건만 취하는 것 같았다.

"우리 서로 좋아하네요."

"……."

"제 연인이 되어주세요."

알버트가 어린아이처럼 해맑은 미소를 지으며 말했다.

다시 시간이 멈췄다.

주변의 모든 배경이 사라지고 오로지 알버트만 그녀의 눈에 들어왔다.

라미안은 숨쉬는 것조차 잊어버린 채 알버트를 바라봤다.

그러다 자기도 모르게 고개를 끄덕였다.

"네… 그럴게요."

알버트가 더욱 진한 미소를 머금었다.

"정말인가요?"

"…네."

알버트를 따라 라미안도 미소 지었다.

알버트가 라미안의 손을 잡았다. 그리고 천천히 거리를 거닐었다. 알버트를 따라 라미안도 걸었다.

새벽 별들이 그런 둘을 축복이라도 하듯 유난히 밝게 빛났다.

어느새 두 사람의 미소는 많이 닮아 있었다.

'사랑은 어디서 오는 걸까.'

조금전까지만 해도 라미안이 하던 고민이었다.

그녀는 하늘을 올려다 보았다.

그날 따라 달빛은 다른 날 보다 더욱 포근하기만 했다.

'사랑은 달빛을 타고 오는 거구나.'

라미안은 그렇게 답을 내렸다.

Chapter 05
새로운 연인

아르덴 전기

바할라스 드류세난.

그는 가르테아 제국의 황제다.

올해 쉰 살의 나이로 스물이 되던 해, 황위에 올랐다.

그의 아버지이자 전 황제인 탈라인 드류세난은 12년 전, 세상을 떠났다.

바할라스 황제는 열여덟에 비샨느 공작가문의 장녀 제이리아 비샨느를 정부인으로 맞았다.

제이리아는 이제 드류세난 황가의 사람이 되어 황비의 자리에 앉아 바할라스의 곁을 든든히 지켜주고 있었다.

둘 사이엔 자식이 셋 있었는데 모두 아들이었다.

첫째는 스물, 둘째는 열여덟, 셋째는 열다섯이었다.

자식을 좀 늦게 본 감이 없지 않아, 하나 같이 뛰어난 미모를 물려받아 미남이었고, 문무에 뛰어났다.

해서 자식을 보는 일이 조금 늦어졌다고 크게 걱정을 하진 않았다.

물론 바할라스의 피를 받고 태어난 자식들이 그들만 있는 건 아니었다.

바할라스는 제국의 황제인만큼 첩도 많았다.

그와 잠자리를 함께한 첩만 열이 넘었으며 그 사이에 태어난 자식들은 열다섯이었다.

그러나 정실의 자식들이 아닌지라 황자의 대우는 받지 못했다.

평민도 아니면서 귀족도 아닌 애매한 입장이니 그 어느 쪽에도 환영받지 못하는 것이 서자의 삶이었다.

황제 역시 그들에게 큰 관심을 쏟지 않았다.

그렇다 보니 서자들은 가슴에 불만을 품고 살아갈 수밖에 없었다.

그들 중 몇몇은 힘이 있었으면 당장 황제의 가슴에 칼을 꽂고 싶을 정도로 독을 품기도 했다.

하지만 힘이 없다는 게 문제였다.

서자의 삶은 늘 비참하고 우울했다.

하나, 그렇지 않은 이도 있었다.

유일하게 어마어마한 힘을 손에 넣은 이가 딱 한 명 존재했다.

그는 지금 가르테아 제국에서 황제 다음 가는 권력을 손에 넣었다.

지금도 황제의 곁에서 그를 호위하고 있는 그의 이름은 세라핌.

황실 직속 돌격대 서열 1위 데스페라도였다.

하지만 황제는 그러한 사실을 모른다.

세라핌은 철저하게 자신을 숨기고서 드러내지 않았다.

그는 어린 시절 페르소나 뱅가드의 기사양성소에 들어서는 순간부터 본명을 버렸다.

그리고 그곳에서 붙여준 이름으로만 살았다.

누가 본명을 물어봐도 절대로 말하지 않았다.

황제 앞에서도 마찬가지였다.

처음 페르소나 뱅가드의 데스페라도로 임명되는 날, 그의 본명을 물어보는 바할라스 황제에게 그는 이미 잊어버린 지 오래라 대답했었다.

그리고 세라핌 역시 힘이 있다면 황제의 가슴에 칼을 꽂을 것이라 다짐했던 서자 중 한 명이었다.

바할라스 황제는 그런 세라핌의 의중도 모르는 채 그를 가장 믿고 아꼈다.

하루 24시간 잠들 때를 제외하고서는 그를 곁에서 떨어지지 못하게 했다.

오늘도 그랬다.

어전회의가 끝나고 자신의 방으로 돌아온 바할라스 황제는 발코니에 나가 차를 즐겼다.

그의 뒤에는 늘 그렇듯 세라핌이 서 있었다.

황제가 먼 하늘을 바라보며 그를 불렀다.

"세라핌."

세라핌이 얼른 고개 숙여 대답했다.

"네, 폐하."

"내게 할 말이 있느냐?"

"어찌 아셨습니까."

"내게 할 말이 있을 땐 평소보다 말수가 적어지곤 했지."

"그랬었군요. 대단한 통찰력이십니다, 폐하."

"통찰력이랄 것까지 있겠느냐. 오래 같이 하다 보니 알게 된 습관이지. 그래서 할 얘기가 무엇이더냐."

"더 늦기 전에 그라함 왕국을 무너뜨려야 할 것 같습니다."

"전쟁을 일으키자는 말이냐?"

"그렇습니다."

"너무 이른 것 아닌가? 예정대로라면 1, 2년 더 군사력을 탄탄히 한 뒤에 거사를 일으켜야 맞지 않느냐."

"상황이 바뀌었습니다."

"보고는 들었다. 그라함 왕국에서 은밀히 키우던 첩병들이 모두 죽어 나갔고 루시퍼가 배신을 하는 바람에 변종 몬스터로 몸살을 앓게 만드는 일도 엇나갔다지?"

"면목이 없습니다."

세라핌이 바로 잘못을 시인했다.

그러나 바할라스 황제는 고개를 저었다.

"네[가 면목 없을게 뭣이 있겠느냐. 일어날 일은 반드시 일어나는 법이다. 세라핌."

"네, 폐하."

"무엇이 두려운 거냐."

그 물음은 세라핌에게 대단히 거북스러웠다.

그는 아무것도 두려워하지 않는다.

세상천지에 자신보다 강한 사람은 없다고 믿어왔다.

아직 대륙 지존이라는 아티모르와 붙어 본 적은 없지만 그조차도 자신에게는 상대가 되지 않을 거라 생각했다.

아티모르가 아무리 대단하다고 해도 어차피 인간이다.

세라핌에게는 그 인간들을 철저하게 제압할 수 있는 뇌파의 기술이 있었다.

그것도 무려 네 개씩이나.

상대가 누가 되든지 이길 수 있다고 믿었다.

황제의 목을 꺾는 것?

마음만 먹으면 지금도 가능하다.

하지만 그러지 않는 것은 명분이 없기 때문이다.

지금 세라핌이 힘을 가졌다고 해서 황제의 목을 꺾어버린 다면 그것은 반역이다.

황제를 죽여 힘으로 나라를 굴복시켜야 한다.

그 과정에서 세라핌에게 반발하는 세력들이 생겨날 테고, 그들을 제압하려면 무수한 시간을 들이는 것은 물론, 많은 피를 봐야 한다.

때문에 세라핌은 훗날을 기약하고 있다.

가장 좋은 시나리오는 제국의 시민, 귀족들이 황제에게 실망하도록 만드는 것이다.

황제를 세상에 둘 도 없는 폭군으로 만들어, 세라핌이 그런 황제를 만인 대신 벌하고 황위에 앉는다면 누구도 세라핌을 비난하지 못할게 분명하다.

오히려 세라핌을 위대한 혁명기사라며 칭송할 것이다.

세라핌은 그것을 노리고 있었다.

그래서 황제를 볼 때마다 치밀고 올라오는 살의를 매일 같이 억눌렀다.

지금도 그랬다.

'감히 내게 그따위 질문을 해?

무엇이 두렵냐니?

그런 건 추호도 없었다.

당장 저 늙은 모가지를 비틀어 버리고 싶었지만 참았다.

그리고 대답했다.

"두려운 것은 없습니다. 다만 이대로 두면 훗날 귀찮아질 존재가 보여 미리 짓밟으려는 것입니다."

"아르디엔 하멜 후작을 말하는 것이냐?"

"그렇습니다."

황제에게는 이미 아르디엔에 대한 이야기도 모두 들어간 후였다.

황제가 가만히 생각을 하다가 고개를 끄덕였다.

"뜻대로 해라."

"성은이 망극하옵니다, 폐하."

"다만… 전쟁을 치루는 날은……."

"염려 놓으십시오. 폐하의 탄신일 이후로 생각하고 있습니다."

"그래야지. 그전에 피를 보고 싶지 않구나."

바할라스 황제의 생일까지는 한 달이 남았다.

그 이후 전쟁을 준비하고 그라함 왕국과 본격적인 싸움을 일으키려면 네, 다섯 달이 더 걸릴 것이다.

대략 반년.

'그 시간이 그라함 왕국의 남은 수명이 되겠지.'

고개를 들고 황제의 뒤에 꼿꼿이 선 세라핌이 차가운 미소를 물었다.

＊　　　＊　　　＊

십존들과의 싸움이 있고 나서 사흘이 흘렀다.

뜨거운 8월도 반을 넘겼다.

오늘은 레인보우 펍 본점이 쉬는 날이다.

아르디엔은 점심나절부터 분주히 저녁 파티를 준비했다.

이미 이틀 전에 오늘 파티가 열릴 예정이니 모두 모이라 공지를 했었다.

제피아를 제외하면 모두 파티를 좋아하는 사람들인지라 누구 하나 빠지지 않을 것이라 믿었다.

오후 다섯 시가 되자 테이블에 음식이 올려지기 시작했다.

그 무렵 문이 열리며 첫 번째 손님이 들어섰다.

제일 먼저 방문한 이는 아르디엔이었다.

막 닭으로 조리한 요리를 테이블에 올려놓던 아로아가 아르디엔을 반갑게 맞이했다.

"아르디엔!"

"바쁘네."

"혼자 준비하려니까."

"종업원들은?"

"모처럼 쉬는 날인데 내 개인 손님들 때문에 일 시킬 순 없잖아. 나 점심부터 계속 일했다고."

"대단하네."

"거기 앉아 있어."

"진심이야?"

아로아가 씨익 웃었다.

"아니~ 도와줘."

"얼마든지."

아르디엔이 아로아를 도와 요리를 거들었다.

아르디엔은 기본적으로 요리에 어마어마한 재능이 있다.

애초에 레인보우 펍의 음식들을 높은 레벨로 발전시킨 것도 아르디엔이었다.

그가 도와주자 일이 훨씬 수월해졌다.

아로아는 어느 순간부터 완성된 요리만 세팅하고 있었다.

아르디엔의 손을 거친 요리들이 모두 테이블 위에 올려졌다.

시간은 다섯 시 오십 분.

아로아가 공지한 공식모임 시간은 여섯 시 반이었다.

아직 사십 분 정도 여유가 있었다.

아르디엔의 도움 덕에 생각했던 것보다 빨리 테이블이 차려졌다.

맥주잔과 식기구들을 세팅한 뒤, 맥주 다섯 통을 테이블 주변에 늘어놓았다.

"오늘은 다 무료야?"

아르디엔이 묻자 아로아가 시원하게 고개를 끄덕였다.

"물론!"

"알버트가 좋아하겠군."

"이번에는 쓸데없이 돈 같은 거 놔두고 가지 말라 그래야겠어. 오늘만큼은 정말 요만큼도 받지 않고 대접할 생각이란 말야."

"무슨 바람이 불어서?"

"십존이랑 싸워서 무사히 돌아왔잖아. 죽다 살아난 기념 정도?"

"내 사람들이 더 강했는데 뭐."

"그래도~ 십존이 뉘집 개이름도 아니고. 정말 대단한 일 겪은 거지. 그런데 생각해 보니까 아르디엔이 아티모르를 이겼잖아? 그럼 이제 대륙 지존은 아르디엔 아니야?"

맞는 말이었다.

사실 이번 십존과의 싸움은 공식적인 건 아니었다.

하멜 후작가에서도 이 싸움에 대해 아는 이는 직접 참여한 이들과 아로아, 레나, 그리고 하멜 가문의 재정을 책임지고 있는 상인 베나엘밖에 없었다.

하나같이 하멜 후작가의 중책들이었다.

세상 사람들은 사흘 전 파보츠 언덕에서 있었던 이 어마어마한 싸움에 대해 전혀 모른다.

아무튼 그게 어떻든 간에 아르디엔이 아티모르를 제압했다는 건 분명한 사실이다.

아로아가 눈을 빛내며 아르디엔을 바라봤다.

"대륙 지존 같은 건 그다지 관심이 없어서."

"그래? 내가 대륙 지존이면 신날 것 같은데."

자기가 말해 놓고 배시시 웃는 아로아였다.

아르디엔은 그런 그녀에게 주머니에서 무언가를 꺼내 건네주었다.

아로아가 받아 보니 그것은 목걸이였다.

하지만 평범한 목걸이는 아니었다.

바로, 오리진 하우랑에게서 빼앗은 목걸이였다.

그 목걸이 안에는 어마어마한 신력이 담겨 있다.

그래서 어떠한 공격도 모두 무(無)로 돌려 버린다.

아르디엔은 그것을 아로아에게 주었다.

"이걸 왜 나한테 줘?"

"목에 잘 걸고 다녀. 한시도 몸에서 떼놓지 말고."

아르디엔이 무슨 말을 하는지 아로아는 금방 알아들었다.

아르디엔에겐 갈수록 적이 많아지고 있다.

그렇다면 그의 주변에 있는 사람들도 쉽게 위험에 노출되고 만다.

아로아는 아르디엔에게 가장 가까운 사람이다.

때문에 언제 어떻게 위험에 직면할지 모른다.

아로아가 목걸이를 목에 걸었다. 마치 처음부터 그녀의 것인 듯 상당히 잘 어울렸다.

"어때? 예뻐?"

"응. 무척."

"오늘따라 표현을 잘하네? 평소에 안하면 립서비스도 많이 해주고? 무슨 날이야?"

아르디엔은 미소 지으며 고개를 저었다.

그때 레인보우 펍의 문이 열리며 제피아가 들어왔다.

"제피아~! 어서 와요!"

"제가 좀 일찍 왔나 보군요."

"이제 슬슬 몰려오겠지. 편한데 앉아."

"그러지요."

제피아는 적당한 곳에 자리를 잡은 뒤, 아로아와 아르디엔을 흐뭇한 시선으로 바라봤다.

그들은 참으로 잘 어울리는 커플이었다.

두 사람의 행복이 오래도록 이어졌으면 하는 바람이었다.

그러나 한편으로는 그게 힘들 것이라는 예감도 들었다.

강한 힘을 가진 이에겐 그만한 시련이 늘 따라다니게 마련이다.

아르디엔은 시간이 갈수록 더더욱 강해지고 있다.

'부디 악테르사 신께서 굽어 살피시길.'

신을 잘 찾지 않는 제피아가 악테르사 신의 이름까지 부르며 그들을 축복했다.

딸랑.

다시 문이 열렸다.

그리고 시끌벅적한 커플이 등장했다.

"오! 맛있겠는데!"

"아로아 언니~! 보고 싶었어요~!"

케이아스와 레나였다.

케이아스는 얼른 착석하고 앉아 아무 요리나 덥석 집어 입에다 우겨 넣었다.

레나는 아로아에게 안겨 가슴에 얼굴을 비벼댔다.

"레, 레나. 이 인사법 슬슬 바꾸면 안 될까?"

"안 돼요. 그럼 레나는 살 수 없을지도 몰라요."

"알았으니까, 레나. 일단 아무데나 앉아줄래? 테이블 세팅이 완벽하게 끝난 게 아니라서."

"네에~!"

레나가 케이아스 옆에 앉았다.

그러자 케이아스는 그녀의 입에도 음식을 우겨넣기 시작했다.

두 커플들이 남의 시선 신경 쓰지 않고 마구 음식을 먹는 사이, 홀의 중앙에서 마리엘과 크라임의 모습이 갑자기 불쑥 나타났다.

마리엘이 공간이동 능력을 사용한 것이다.

"깜짝이야."

테이블에 냅킨을 놓던 아로아가 가슴을 쓸어내렸다.

점잖게 맥주를 따라 한 모금 넘기던 제피아가 마리엘에게 한 마디를 했다.

"이런 날은 예의를 지켜서 현관으로 들어와 주면 안 되겠나?"

마리엘이 콧방귀를 꼈다.

"예의를 최대한 지켜서 그나마 초대에 응해줬거든요?"

제피아가 입맛을 다셨다.

제피아도 마리엘도 페르소나 뱅가드 소속의 기사였다.

마리엘은 그냥 일반기사였고 제피아는 헤드 헌터 중 한 명이었다.

전 같았다면 마리엘이 제피아와 눈도 마주치지 못했을 것이다.

게다가 제피아는 헤드 헌터의 일원이기 이전에 8서클의 흑마법사이며 마도국 게르갈드의 왕족 출신이다.

애초에 마리엘과 피가 달랐다.

하지만 지금은 똑같은 하멜 후작가의 사람이었다.

"세상이 참 많이 변했군."

제피아는 괜히 싸움을 일으키기 싫어 먼저 시선을 돌렸다.

그러자 크라임이 얼른 고개 숙여 마리엘 대신 사과를 전했다.

"죄송합니다, 제피아님. 알다시피 마리엘의 성격이 워낙에……"

그 뒷말은 차마 마리엘의 눈치를 보느라 잇지 못했다.

크라임이 대신 굽히고 나오자 제피아의 기분이 어느 정도 풀렸다.

하지만 반대로 마리엘은 기분이 상했다.

뭐라고 하려는 마리엘을 크라임이 제지하고서 자리에 착석했다.

딸랑.

또 문이 열렸다.

이번에 들어선 이들은 라이판 부자와 마렉이었다.

디스토는 십존과의 전투가 끝난 뒤, 아버지를 보러 가겠다며 마렉과 함께 이르베스로 향했다.

디스토의 아버지 테사르 라이판은 이르베스에서 시장직을 맡고 있다.

게다가 이르베스는 계속해서 발전하고 있는 도시이기 때문에 눈 코 뜰 새 없이 바쁜 게 테사르의 입장이었다.

오늘 파보츠를 방문한 것은 정말 큰 맘 먹고 시간을 뺀 것이다.

아르디엔도 그것을 잘 알고 있었다.

그래서 테사르를 반갑게 맞아주었다.

"잘 지냈는가?"

"잘 지내다마다요. 후작님께서 든든하게 버티고 있어주시니 아무 걱정이 없습니다."

"늘 업무에 쫓겨 잠 잘 시간도 부족한 걸 잘 알고 있어. 그러니 오늘은 마음껏 먹고 마시도록 해. 모든 스트레스를 풀어 버리라고."

"후작님께서 하시는 말씀인데 당연히 따라야지요."

테사르와 짧은 대화를 주고받은 아르디엔의 시선이 디스토와 마렉에게 향했다.

둘에게는 그냥 눈인사만 건넸다.

디스토는 그러거나 말거나 별로 신경 안 썼다.

한데 마렉은 엄청 서운하다는 듯 툴툴댔다.

"아니 누구는 입도 없는 줄 아쇼! 후작 나으리, 이렇게 사람 차별대우 할 거요!"

"그냥 앉아서 술이나 처마셔."

디스토가 마렉에게 한마디 했다.

마렉은 그런 디스토를 씹어죽일 듯 노려보다가 한숨을 푹 쉬며 자리에 앉았다.

딸랑.

다시 문이 열렸다.

모두의 술과 음식을 즐기던 모두의 시선이 펍의 입구로 향했다.

여러 사람의 이목을 받으며 들어선 이는 하멜 후작가의 기사단장 페스토치와 상인 베나엘이었다.

"요~ 어서 와, 햇병아리!"

마렉이 대놓고 페스토치를 놀렸다.

"초, 초대해 주셔서 감사합니다."

이런 자리가 처음인지라 어색하기 그지없는 페스토치였다.

반면 베나엘은 똑같이 처음 갖는 자리임에도 전부터 함께 해왔던 것처럼 넉살 좋게 자리 하나를 차지하고 앉았다.

"저처럼 보잘 것 없는 소인을 이토록 영광스러운 자리에 초대해 주신 하멜 후작님의 도량에 감사드리며, 이 멋지고 아름다운 분들께 감히 제가 건배 제의를 해도 될는지 물어보는 실례일까요?"

베나엘은 속사포처럼 말을 내뱉었다.

아르디엔이 웃으며 고개를 저었다.

"얼마든지 그래도 돼."

"감사합니다요! 다 같이~ 하멜 후작가의 영원한 안녕을 위해 건배입니다요~!"

"건배!"

모든 이들이 신나게 잔을 부딪쳤다.

뒤늦게 자리에 합석한 아로아가 모인 사람들을 훑어보고서 중얼거렸다.

"이제 라미안이랑 영주님만 오시면 되는 건가?"

호랑이도 제 말 하면 나타난다더니 그 말이 끝나자마자 두 사람이 펍으로 들어섰다.

한데 그들을 반갑게 맞으려던 사람들은 일제히 굳어버리고 말았다.

두 사람이 사이좋게 팔짱을 끼고 있었기 때문이다.

"…이건 어떻게 된 거야?"

마리엘이 고개를 모로 꺾었다.

"여러분, 안녕하세요~ 바람이 좋은 저녁이에요."

알버트가 헤실헤실 웃으며 인사를 건넸다.

"라미안 언니! 영주님의 마수에 빠져 버린 건가요?"

레나의 말이었다.

알버트는 워낙에 여자들에게 치근덕대기로 유명하니, 이번에도 그가 강제로 팔짱을 낀 것이라 생각했다.

그러나 라미안은 고개를 저었다.

"아니오."

"그럼 설마 자네 둘……."

제피아가 차마 말을 다 맺지 못했다.

"맞아요, 제피아님. 우리, 연인 관계가 되었어요."

드디어 폭탄이 터졌다.

"에에에에에에에엑!"

"말도 안 돼!"

"아무리 영주님이라고 해도 라미안님께 사귈 수밖에 없는 짓을 한 것이라면 죽이겠습니다!"

"푸하하하하하! 무지하게 재미있다!"

차례대로 레나, 마렉, 디스토, 케이아스의 말이었다.

다른 이들은 너무 충격을 받아 차마 입도 열지 못했다.

"아니, 대체 어쩌다가……."

제피아가 물었다.

라미안은 빙긋 웃으며 대답했다.

"달빛이 맺어주었어요."

"그 달빛이 어떤 달빛인지 모르겠지만 아주 요망하기 그지없군그래."

제피아는 애꿎은 달빛만 탓했다.

모든 사람들이 반 공황상태에 빠져 있을 때, 아르디엔이 그들 커플에게 다가갔다.

그리고 두 사람의 어깨를 가볍게 두들기며 말했다.

"축하해요, 영주님. 라미안."

"고마워요, 하멜 후작님~"

"감사해요, 후작님."

아르디엔이 미소 지었다.

결국 그 날 파티는 새로운 커플을 위한 축하 연회 자리가 되어버렸다.

Chapter 06
루틴의 음모

마도국의 게르갈드의 수도 라타드만은 축제 분위기였다.

국왕 루틴 니플헤임은 십존들이 아르디엔의 목을 가지러 떠난 이후부터 매일 같이 성에서 파티를 열었다.

동시에 수도의 모든 가구에게 고기 한 덩이와 술 한 동을 매일 같이 지급해 주었다.

그러다 보니 자연스레 축제 분위기가 이어졌다.

그러한 일은 십존들이 돌아올 때까지 계속되었다.

*　　　*　　　*

십존들은 수도에 지어진 그들의 저택 바할파세드로 돌아왔다.

오래간만에 찾은 보금자리는 편안하고 좋았다.

저마다 소파에 몸을 묻기 바쁜데 아티모르는 가장 먼저 지하로 향했다.

지하에 보관해 놓은 다리아의 시신을 보기 위해서다.

"푸하~ 좋다."

람이 긴 소파 위에 몸을 완전히 누이고서 이리저리 비비적댔다.

"역시 집이 좋다! 다 좋다!"

학센도 하얀 이빨을 드러내며 씩 웃었다.

"좀 자야겠어."

가르틴은 만사가 귀찮은 얼굴로 눈을 감았다.

모디안은 품에 넣어두었던 술병을 꺼내 목을 축였다.

"크으. 역시 술은 독해야지. 근데… 제니아."

모디안이 기둥에 등을 댄 채 비스듬히 서 있는 제니아를 불렀다.

"왜, 이렇게 안색이 안 좋아?"

제니아는 수도에 들어서는 순간부터 표정이 굳어 있었다.

"이상하지 않나요?"

"뭐가?"

"도시가 필요 이상으로 들떠 있어요."

"좋은 일이라도 있나 보지."

"글쎄요. 뭔가 개운치가 않아요."

그때였다.

쿵쾅쿵쾅!

아티모르가 지하에서 홀로 뛰쳐 올라왔다.

그의 얼굴은 잔뜩 상기되어 있었다.

"대장, 왜 그래? 무슨 일이야?"

놀란 아리나가 물었다.

아티모르가 눈에 불똥을 튀겼다.

"다리아가… 사라졌다."

"뭐?!"

소파에 앉았던 이들이 일제히 일어섰다.

"다리아가 사라지다니! 누가 시신을 훔쳐갔단 말이야?"

이건 큰일이었다.

아티모르는 물론 십존 모두에게 다리아는 소중한 사람이었다.

하멜 일가와의 일을 겪으면서 다리아와 직접 얼굴을 보고 나누었던 모든 얘기들을 아티모르는 동료들에게 얘기했다.

이제 돌아가면 다리아의 시신을 좋은 곳에 묻어주기로 했었다.

그런데 그녀의 시신이 사라져 버렸다.

어쌔신인 흑제 일레인이 저택의 구석구석을 날카로운 시선으로 훑었다.

침입자의 흔적을 잡아내기 위해서다.

다른 이들도 저택을 조사하기 시작했다.

한참 모두가 분주함에 정신이 없을 때.

똑똑.

누군가 현관문을 두들겼다.

실리안이 얼른 달려가 문을 열었다.

문 밖에 서 있는 건 다름 아닌 루틴이었다.

"안녕들 하신가."

웃으며 인사를 건네는 그의 뒤로는 왕실호위기사인 어둠의 사자 다섯이 서 있었다.

그들은 모두 검은 로브를 몸에 두르고 후드를 푹 눌러써서 얼굴이 보이지 않았다.

"들어가도 되겠는가?"

루틴의 물음에 아티모르가 고개를 저었다.

"아니. 지금은 당장 해결해야 할 중요한 문제가 있네. 한 나라의 국왕을 문전박대해서 미안하지만 조만간 내가 다시 궁으로 찾아가도록 하겠네."

"왜? 다리아가 사라지기라고 했나?"

그 말에 아티모르는 물론이고 모든 십존들의 눈꼬리가 확 추켜올라갔다.

아티모르는 루틴에게 다가가 무서운 음성으로 물었다.

"네가… 다리아를 데려갔느냐."

"진정하시게. 대답 잘못했다간 찢어 죽일 기세군."

"대답해라."

"아무래도 환대를 받는 건 무리인 것 같은데… 오래간만의 재회인지라 잔뜩 기대했더니 이것 참, 난감하군. 더불어 좋은 소식도 기대하고 있었는데 말이야."

루틴이 은근한 시선으로 십존들을 둘러봤다.

"아르디엔 하멜 후작의 목은 가져왔나?"

루틴의 물음에 그 누구도 쉬이 대답할 수가 없었다.

그의 부탁을 들어주지 못했다는 것이 면목 없는 게 아니었다.

아르디엔의 목을 가져오지 못했다는 건 즉, 아티모르가 그에게 졌다는 걸 시인하는 것이나 다름없기 때문이다.

결국 아티모르가 입을 열었다.

"아니, 그러지 못했다."

"그러지… 못했다니?"

"그의 목을 가져올 수 없었다."

"그러니까 지금… 자네가 아르디엔에게 졌단 말인가? 대륙 지존인 검황 아티모르가?"

"…그렇게 됐다."

"그 말은 이제 새로운 대륙 지존이 탄생했다는 말 아닌가?"

참다못한 모디안이 끼어들었다.

"적당히 하시지?"

모디안은 지금 위험한 상태였다.

조금이라도 더 그를 자극했다간 눈이 휙 돌아갈지도 몰랐다.

하지만 루틴은 어처구니없는 웃음을 터뜨렸다.

"하, 하하하! 내가 지금 적당히 하게 생겼나? 난 자네들이 당연히 성공할 것이라 여기고 미리부터 약속을 지켰단 말이네!"

그 말에 모두의 머릿속에 천둥이 내리쳤다.

콰르르르르르릉!

"지, 지금 뭐라고……?"

아리나가 더듬거리며 물었다.

"못 들었나? 그대들이 그토록 원하던 소원을 미리 들어주었단 말이야!"

아티모르가 루틴의 어깨를 그러쥐려 했다.

그에 어둠의 사자들이 일제히 루틴의 앞을 가로막고 섰다.

아티모르는 막아선 이들의 얼굴에다 주먹을 날렸다.

빠바바바박!

어둠의 사자들은 제대로 방어 한 번 해보지 못하고 머리가 터져 쓰러졌다.

제법 실력이 있는 호위기사들임에도 대륙지존의 주먹엔 속수무책으로 당하고 말았다.

그러나 루틴은 신경도 쓰지 않았다.

그저 너무나 충격을 받았다는 제스처만 계속 취할 뿐이었다.

"결국 나만 약속을 지킨 꼴이 되었잖은가."

"그러니까… 다리아를… 다시 살려냈다는 말이냐?"

루틴은 대답 대신 그녀의 이름을 신경질적으로 외쳤다.

"다리아!"

그러자 루틴과 아티모르의 사이에 누군가가 나타나 버티고 섰다.

아티모르는 그 사람의 얼굴을 보고 숨이 멎는 듯했다.

"다리… 아."

아티모르의 앞에 있는 사람은 틀림없는 그의 여동생 다리아였다.

다른 십존들도 모두 다리아를 보며 놀라고 말았다.

그녀는 살아생전 그대로의 모습을 간직하고 있었다.

아티모르가 눈물을 글썽이며 다리아를 껴안으려 했다.

"다리아!"

한데, 그녀는 허리에 차고 있던 레이피어를 꺼내들어 아티모르의 목을 겨누었다.

아티모르는 예상치 못한 다리아의 행동에 굳어버렸다.

"다, 다리아? 왜… 내게 검을⋯⋯?"

너무 당황해서 말도 제대로 나오지 않았다.

그는 다리아와 계속 시선을 교환하려 했다. 그런데 다리아의 눈에는 아무런 감정도 실려 있지 않았다.

그저 차가웠다.

다리아는 완벽하게 남을 보는 듯 아티모르를 대하고 있었다.

"다리아, 왜 이러는 건지 말을 해보거라!"

답답한 아티모르가 버럭 고함을 질렀다.

그래도 다리아는 묵묵부답이었다.

루틴이 그런 다리아의 머리를 어루만졌다.

"그만 됐다, 다리아. 검을 거두거라."

그제야 다이라는 레이피어를 회수했다.

하지만 여전히 아티모르의 앞에서 물러나진 않았다.

마치 루틴을 보호하듯 가리고 서서 아티모르를 경계하고

있었다.

아티모르가 설명을 요구하는 눈빛을 루틴에게 보냈다.

"오해 말게. 다리아에게 다른 짓을 한 건 아니니. 다만…
그랜드 리치로 되살아난 다리아는 나를 주인으로 여기게 되
었을 뿐이야."

"그게 무슨 말이냐. 너를 주인으로 여기다니."

"말 그대로네. 그랜드 리치는 자신을 살려준 사람을 평생
주인으로 모시고 살아가지. 다리아도 그랜드 리치니 날 주인
으로 섬기는 건 당연한 일 아닌가?"

"그런 말은… 없었잖느냐."

아티모르가 분노를 삼키며 물었다.

루틴이 씩 웃었다.

"그런 걸 물어보지도 않았었잖나?"

"루티이이이인!"

아티모르의 고함에 십존들이 일제히 무기를 뽑아들었다.
그와 동시에 다리아도 회수했던 레이피어를 다시 꺼냈다.

그러한 다리아의 반응은 십존들의 가슴을 찢어지게 만들
었다.

무기를 쥔 손에 도통 힘이 들어가지 않았다.

"약속과 달라. 나는… 전과 다름없이 날 사랑스러운 눈으
로 바라보고 포근한 말만 하는 다리아를 원했다. 네 꼭두각시

를 원한 게 아니란 말이다!"

"그게 그렇게 중요한가? 중요한 건 자네의 동생이 되살아났다는 거야. 그 이상 자네가 내게 바란 건 없었지. 난 분명히 약속을 지켰단 말이네."

순간 아티모르는 다리아의 영혼이 괴로운 듯 어딘가로 끌려가던 광경을 떠올렸다.

당시엔 그것이 저승으로 간 것이라 생각했었다.

한데 아니었다.

루틴이 다리아를 그랜드 리치로 만들면서 영혼이 육신에 강제로 끌려들어간 것이었다.

"다리아는 이런 걸 원치 않았다."

"그게 무슨 말인지 모르겠군. 다리아는 이미 죽었어. 그런데 그녀가 어떻게 원하지 않았다는 걸 알 수 있는 건가? 아니, 다 집어치우지. 어찌되었든 자네가 원했던 거니까. 난 약속을 지켰는데 자네는 어땠지? 약속을 지키지 못했지. 이건 불공평해. 그렇지 않나?"

"네 멋대로 지킨 약속이다. 그리고 결과적으로 난 이런 상황을 원치 않았다."

"이러다 감정싸움만 하게 되겠군. 잘 듣게, 아티모르. 나는 자네가 내게 했던 약속을 어떻게든 받아내야겠어. 그전까지 다리아는 내가 데리고 있도록 하지. 내 명령 한 번이면 그녀는 평생 자네 곁에서 살 수 있을 테지만, 지금은 아니야."

"다리아를 괴롭히지 마라. 내 동생을 놓아줘. 편히 있어야
할 곳으로 갈 수 있도록."

"그럴 순 없지. 이건 계약 위반이니까."

그때 계속 상황을 주시하고만 있던 제니아가 나섰다.

"용의주도하군요, 루틴."

제니아는 루틴의 앞에서 철저하게 예의를 지켜왔었다.

한 번도 그를 이름으로만 부른 적이 없었다.

군인 출신인지라 스스로 예의에 엄격하기 때문이다.

그런데 지금 그는 국왕인 그를 평대했다.

루틴이 의외라는 듯 제니아를 바라보았다.

"내게 화를 내는 건가?"

"화뿐이겠습니까? 마음 같아서는 죽이고 싶습니다."

"무엇이 그대를 분노케 했지?"

"당신은 이미 우리가 하멜 후작에게 패했다는 걸 알고 있
었습니다."

"섣부른 판단이네."

"아니요. 당신은 이미 우리를 어떻게든 지켜보고 있었고,
패배하는 순간 다리아를 그랜드 리치로 부활시켰습니다."

"내가 무엇 때문에 그래야 하지?"

"그래야 다리아를 볼모로 삼아 우리를 잡아둘 수 있을 테

니까요. 당신에겐 마도국의 부흥을 위해 십존의 힘이 필요할 테니까요."

"그러니까… 내가 십존들을 내 마음대로 부리기 위해서 일부러 다리아를 부활시켰다 이건가?"

"아닙니까?"

루틴이 고개를 저었다.

"난 마도국의 국왕이네. 설마 그렇게까지 속이 좁으려고? 이것 참, 좋은 일 하려다가 오히려 간악한 인간으로 몰리니 기분이 썩 좋지는 않군."

그리 말하는 루틴의 눈에서 독기가 일렁였다.

"하지만… 정말 날 그렇게 봤다면 그대로 행동해주지."

그가 입꼬리를 말아 올렸다.

"뭐라고?"

아티모르가 몸을 파르르 떨었다.

루틴이 아티모르의 앞을 막고 선 다리아의 허리를 손으로 감싸 안았다.

순간 아티모르가 주먹을 내지르려 했다.

"내게 손을 대는 순간!"

루틴의 일갈에 아티모르의 동작이 우뚝 멈췄다.

"다리아는 자넬 공격할 것이네. 자네는 다리아를 상처 입힐 수 있나? 아, 크게 걱정하지 않아도 되네. 그녀는 그랜드 리치이니 목이 잘려도 다시 살아날 수 있으니. 리치와 그랜드 리치에게는 라이프 포스 배슬이라는 것이 있지. 생명을 보관하는 유리관인데 그 유리관이 파괴되지 않는 한 다리아는 영생을 누릴 수 있네."

빠드드득!

아티모르가 이를 갈았다.

그 모습을 보며 루틴은 즐거워했다.

"걱정하지 말고 네 동생을 벤 다음 날 베게. 그럼 다 끝나는 일 아닌가? 아, 그리고 한 가지. 다리아의 라이프 포스 배슬은 내가 가지고 있네. 아무도 모를 곳에 잘 보관해 두었지."

말인 즉 다리아의 생사는 루틴에게 달려 있다는 것이었다.

"전에는 동생을 살려주길 원했는데 지금은 다시 죽여주길 원한다 했지? 제니아가 말했던 대로 난 그대들을 이용해야겠네. 나는 곧 그라함 왕국을 잡아먹을 생각이야."

"……!"

"……!"

"……!"

갑자기 튀어나온 엄청난 얘기에 그 자리에 있던 십존들은 모두 충격을 받았다.

"아르디엔 하멜 후작을 더 이상 그냥 놔두면 안 되겠어. 마침 십존들도 내 마음대로 부릴 수 있게 된 데다가… 오래도록 준비해 왔던 비밀 병기까지 깨어나려는 시점이니 딱 좋지 않은가? 데미갓? 그따위 경지 아무것도 아니라는 걸 보여주지."

"이 개 같은 새끼! 역시 보고 있었어!'

아리나가 버럭 소리쳤다.

학센이 거대한 봉을 들고 루틴에게 달려들었다.

하지만 차마 그것을 휘두를 순 없었다.

다리아가 레이피어를 학센의 목에 겨누었기 때문이다.

"아, 만약을 대비해서 말해두는 건데, 내가 죽게 되면 다리아의 라이프 포스 배슬이 있는 곳은 아무도 모르게 될 거야. 라이프 포스 배슬엔 지금 생명 에너지가 가득 담겨 있지. 내가 없이도 아마 그녀는 사오백 년 정도쯤 충분히 살 수 있을 거야. 물론 끈 잘린 인형마냥 아무것도 하지 않은 채 멍하니 살아가야 하겠지만. 주인을 잃은 그랜드 리치는 아무것도 할 수 없다네. 자의식이 존재치 않기 때문이지."

루틴의 이야기를 들으면 들을수록 절망적이었다.

부릅뜬 아티모르의 눈에서 피눈물이 흘렀다.

이런 상황에서 아무것도 할 수 없는 자신이 원망스러웠다.

"다들 그렇게 침통한 얼굴 하지 말았으면 좋겠어. 그라함 왕국을 정복할 때 힘을 빌려주면 다리아를 편하게 해주겠다고 분명히 약속할 테니까 말일세."

"루틴··· 너··· 이 씹어 죽여도 시원찮을 자식···!"

아티모르가 맹수처럼 으르렁거렸다.

루틴은 그에게 차가운 미소로 대응하고서 등을 돌렸다.

다리아가 그런 루틴의 뒤를 따라 저택을 나섰다.

루틴과 다리아의 모습이 완전히 사라지고 난 뒤, 아티모르는 그대로 바닥에 주저앉았다.

쾅!

그의 주먹이 홀의 바닥에 틀어박혔다.

"이제··· 어쩌지?"

아리나가 물었다.

이제 그들이 할 수 있는 건 한 가지밖에 없었다.

다리아를 편하게 해주기 위해선 어쩔 수 없이 루틴의 말을 따라야 했다.

아르디엔과 또 다시 적이 되어야 한다.

"모든 것은 내 잘못이다."

아티모르가 말했다.

"애초부터 마도국의 인간들과 거래를 하는 게 아니었어. 다··· 전부 다 내 잘못이다."

미칠듯한 자괴감이 들었다.

자책하는 아티모르를 아무도 위로할 수 없었다.

다른 이들도 그와 똑같은 심정이었기 때문이다.

십존들은 결국 가기 싫은 길을 가게 되었다.

* * *

루틴은 자신의 방 침대에 앉아 다리아를 앞에 세워 놓고서 그녀를 감상했다.

"이렇게 예쁜 동생을 잃었으니 오빠라는 작자의 슬픔이 정말 크긴 했겠어."

루틴의 손이 다리아의 허벅지를 어루만졌다.

그의 시선은 뱀처럼 다리아의 전신을 훑었다.

그러다 다리아의 다리 사이에 그의 손이 다가가려 할 때.

턱.

다리아가 루틴의 손목을 잡고 이를 제지했다.

"……!"

놀란 루틴이 다리아의 눈을 바라보았다.

하지만 그녀는 아무 감정이 담기지 않은 공허한 시선으로 정면을 바라보고 있을 뿐이었다.

그럼에도 루틴의 손을 허락하지 않았다.

"자의식이… 완전히 사라지지 않은 것인가?"

루틴이 손을 거두어들이자 그녀도 내민 손을 회수했다.

"이건… 좀 위험하군. 주술은 완벽했을 텐데 어디서 문제가 생긴 거지?"

고민해 봤지만 이렇다 할 대답이 나오지 않았다.

"되도록이면 아티모르에게 보여주지 않는 편이 낫겠어. 어찌 되었든 칼자루는 내게 있으니까. 기뻐해라, 다리아. 네 오빠는 널 위해서 기꺼이 내 꼭두각시가 되어주겠다고 하는구나. 이토록 널 생각하는 멍청한 오빠라니, 얼마나 감동적이더냐. 후후."

루틴은 다리아의 뺨에 입을 맞추고서 방을 나섰다.

그리고 성의 지하로 향했다.

지하엔 대역 죄인들을 가두어 두는 감옥이 있었다.

그 감옥을 지나쳐 더 깊은 곳으로 내려가자 넓은 공동이 나타났다.

라이트 마법이 걸려 있는 공동은 빛 한 점 들어오지 않아도 사위를 분간할 수 있을 만큼 밝았다.

공동 안엔 공간을 가득 채운 하얀색의 무언가가 몸을 잔뜩 웅크린 채 잠이 들어 있었다.

"아름답구나."

루틴의 만면 가득 미소가 번졌다.

그가 자신의 덩치보다 수백 배는 더욱 거대한 그 무언가에게 다가갔다.

자세히 보니 그것은 어떤 생명체의 뼛조각들이었다.

피부가 싹 벗겨진 채 뼈만 앙상하게 남아 애처롭기 짝이 없었다.

그런데 이상한 것은, 그 뼛조각들이 바닥에 우르르 깔려 있는 게 아니라 마치 살아 있는 것 마냥 원래의 상태 그대로 맞물려 있다는 것이었다.

게다가 숨을 쉬는 것 마냥 미약하게 들썩이기도 했다.

"이제 곧 네가 깨어날 날이 올 것이다. 본 드래곤(Born Dragon)이여."

본 드래곤.

루틴이 공동에 보관하고 있는 그것은 바로 드래곤의 뼈였다.

이그드라엘 대륙에 존재했던 드래곤은 오래전 인마전쟁이 발발했을 때, 마왕을 막기 위해 스스로의 목숨을 희생했다.

그로 인해 마왕은 지상이 아닌 다른 세계로 쫓겨났다.

지금은 그곳이 마계가 되었다.

어찌 되었든 그때 드래곤은 죽음을 맞이했다.

그런데 이 세상에 마왕과 계약을 맺은 흑마법사들이 생겨나면서 그들은 드래곤이 죽어서 묻힌 땅 위에 성을 세우고 마도국을 만들었다.

그리고 마왕의 의지를 받아들여 대를 이어오며 드래곤의 시체를 언데드 몬스터인 본 드래곤으로 되살리기 위해 심혈을 기울였다.

그 결과물이 이제 곧 탄생하려 하고 있었다.

하늘이 루틴을 돕는다고밖에 볼 수 없었다.

마왕을 강림시키려던 계획이 어긋나 버리자, 본 드래곤이 깨어나기 위해 몸부림을 치고 있으니 말이다.

"본 드래곤이 깨어난다면 그 누구도 감히 내게 대적하지 못할 것이다."

마왕과 대등하게 대적했던 존재가 바로 드래곤이다.

비록 본 드래곤은 살아생전의 강인함을 그대로 재현하지 못할 테지만 그대로 드래곤이라는 배경이 어디로 가는 건 아니다.

루틴은 자신이 대륙의 지배자가 되는 환상에 젖어 크게 웃어 젖혔다.

"하하하하하하하하하하!"

공동에 그의 광소가 쩌렁쩌렁 울렸다.

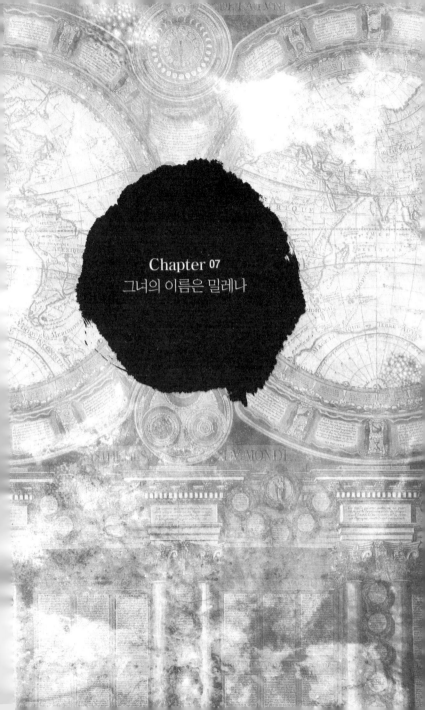

Chapter 07
그녀의 이름은 밀레나

아르덴 전기

하멜 용병단에 일거리가 들어왔다.

파티르 영지에 갑자기 나타나기 시작한 골렘들을 처리해 달라는 것이었다.

골렘은 기본적으로 마법사가 만들어내는 마법생명체다.

말인 즉, 어딘가에서 못된 마법사가 골렘들을 만들어내고 있다는 것이다.

하멜 용병단은 당장 파티르 영지로 떠났다.

그리고 골렘들이 나타나는 지역에서 가장 가까운 곳에 위치한 소도시 바루안에 여관을 잡았다.

이번 출정에는 마렉도 나섰다.

마렉은 어느 순간부터 스케일이 어지간히 크지 않으면 아예 나서지를 않았다.

그가 나서면 항상 혼자서 날뛰기 때문에 다른 용병들이 활약할 기회가 사라진다.

그때마다 용병들은 마렉에게 성질을 부려댔다.

대장이 혼자 다 해먹으면 자기들은 뭘 하라는 거냐.

검을 하도 안 써서 실력 다 녹슬겠다.

이럴 거면 용병단장 하지 말고 혼자 해 처먹어라.

사방에서 원망이 들려오니 마렉은 어쩔 수 없이 큰일에만 참여해야 하는 신세가 되었다.

이번에는 오래간만에 들어온 큰 건이었다.

마렉이 활약할 수 있는 좋은 기회였다.

"아주 작살을 내주지!"

자신의 숙소에다 짐을 푼 마렉이 희희낙락 외쳤다.

그는 다시 밖으로 나와 용병 몇 명과 근처 펍으로 향했다.

본격적으로 일에 들어가기 전엔 용병들에게 자유시간이 주어진다.

급한 전쟁터에 투입이 되면 그럴 여유가 없다.

하지만 지금의 의뢰 같은 경우 골렘이 나타나야 싸울 수가 있었다.

때문에 그전까지는 마음대로 행동하면 된다.

단, 바루안을 떠나면 안 된다.

*   *   *

펍에서 마렉은 거하게 술을 마셨다.

하지만 오늘따라 이상하게 취기가 확 돌지 않았다.

동료 용병들은 마렉의 속도를 따라오다가 이미 인사불성 직전까지 가버렸다.

마렉은 그들을 여관으로 돌려보낸 뒤, 홀로 다른 술집을 찾기 시작했다.

하지만 이제 조금 있으면 해가 떠오를 시각이다.

마렉이 술을 마시던 펍도 문 닫을 시간이 다 되었기에 엉덩이를 뗐다.

이 시간에 문을 여는 술집은 찾기가 힘들다.

그래도 아쉬워서 혹시나 하는 마음에 도시 구석구석을 돌아다녔다.

그러다 후미진 골목에서 아직 영업을 하는 술집을 발견할 수 있었다.

마렉은 그곳으로 들어갔다.

밖은 서서히 밝아지고 있는데, 골목 안에 틀어박힌 펍은 어

그녀의 이름은 밀레나 159

두 컴컴했다.

볕이 잘 들지 않는 위치에 박혀 있으니 그럴 법도 했다.

때문에 아직도 한밤중인 것 같은 기분이 들었다.

한데 펍의 분위기가 일반적인 곳이랑은 달랐다.

입구에 들어서자마자 여인의 분 냄새가 확 풍겼다.

"음?"

마렉이 잠시 사위를 둘러봤다.

술에 찌든 험상궂은 사내들이 테이블마다 계집을 끼고 앉아서 술을 마시는 중이었다.

그곳은 술과 함께 여자를 파는 펍이었다.

나쁠 건 없었다.

오히려 마렉은 이런 곳이 더 좋았다.

어차피 거칠 것 없이 사는 그다.

여자를 사서 하룻밤 같이 지낸 경험이야 셀 수도 없이 많다.

오늘도 마음에 드는 여인이 걸린다면 바로 자신의 숙소에 데리고 갈 것이다.

마렉이 비어 있는 테이블에 앉았다.

그러자 여종업원이 두 개의 잔과 고가의 술 한 병, 그리고 간단한 과일 안주를 내온 뒤, 맞은편에 앉았다.

마렉이 그녀를 보며 물었다.

"주문도 안했는데?"

"주변을 둘러보세요."

그녀의 말에 마렉의 시선이 펍 안을 다시 한 번 자세히 훑었다.

모든 테이블에 똑같은 술병과 과일안주가 올라와 있었다.

"우린 이것밖에 안 팔아요."

마렉이 피식 웃었다.

"재미있네."

여종업원은 술병의 뚜껑을 따 두 개의 빈 잔을 채웠다. 그리고 한 잔은 마렉에게, 다른 한 잔은 자신의 앞에 두었다.

"응? 네가 내 상대야?"

"네. 싫어요?"

마렉은 여인의 얼굴과 몸매를 천천히 뜯어보았다.

어깨까지 오는 웨이브진 금발에 금안.

그리고 시원시원하면서도 어딘지 귀여운 느낌이 드는 이목구비.

갸름한 턱과 기다란 목, 좁은 어깨, 풍만한 가슴, 잘록한 허리, 엉덩이는 서빙하러 다가올 때 이미 탄력 있는 걸 알았고.

죽여주는 미인은 아니지만 제법 괜찮았다.

충분히 자신의 침실로 데려가고 싶은 생각이 들 만큼.

마렉이 고개를 저었다.

"싫다고 하면?"

"좋아지게 만들어야죠."

여인의 말이 재미있었다.

"보통 싫다고 하면 다른 여자로 바꿔줘야 하는 거 아니야? 서비스가 개판이네!"

마렉이 소리를 버럭 지르자 사람들의 시선이 집중되었다.

하지만 그러거나 말거나, 마렉은 신경도 쓰지 않았다.

"이곳의 서비스는 제법 괜찮아요. 술값도 크게 비싸지 않구요. 다만 제가 사정이 있어서 되도록 손님들을 많이 상대해야 하거든요. 그러니까 기회를 줘요. 십오 분만. 그때도 별로면 바꿔 드릴게요."

"이봐, 아가씨. 그게 더 손해 아니야? 기껏 십오 분 투자했는데 내가 싫다 그러면? 차라리 빨리 그만두고 다른 손님 받을 준비하는 게 낫지 않겠어?"

"저는 이곳에 들어서는 사내들을 손님이라고 생각하기 이전에 사람이라고 생각해요. 사람이 사람을 대하는데 그렇게 쉬워서 되겠어요? 전 그런 거 싫어요."

"뭐라는 거야? 어려운 이야기 하지 마! 머리 아프니까."

"그래요. 전 밀레나에요."

"마렉이다."

"한잔할까요?"

밀레나가 잔을 들었다.

마렉이 못이기는 척 잔을 들어 입 안에 술을 탁 털어 넣었다.

"와~ 독한 술인데 잘 드시네요? 그럼 저도."

밀레나 역시 술을 한 번에 털어 넣고 꿀꺽 삼켰다.

"으… 화끈해."

한쪽 눈을 찡긋거리며 괴로워하는 밀레나를 보고 마렉이 코웃음을 쳤다.

"한잔 더 할래?"

"좋아요."

마렉은 밀레나와 자신의 잔에 술을 채웠다.

그리고서는 잔을 들어 살살 돌리며 말했다.

"이러니 저러니 말은 그럴듯하게 해도 말이야. 십오 분이 버티는 건 술이라도 축내서 더 팔아먹게 하려는 거 아니야?"

"설마요. 이런 식으로 술 축내게 하다가는 인사불성 돼서 하루 일 모두 망쳐요."

듣고 보니 그것도 그랬다.

"근데 무슨 사정이 있길래?"

"네?"

"사정이 있어서 손님들을 되도록 받아야 한다며."

"맞아요."

"그 사정이 뭔지 말해봐. 들어보고 그럴 듯하면 너랑 놀아 줄 테니."

밀레나가 자기 앞에 놓인 술잔으로 시선을 떨궜다.

그리고 조금 쓸쓸한 미소를 지었다.

"절 십 오 분도 상대하기 싫은가요?"

"……"

마렉은 대답 않고 그녀가 어찌 나오나 지켜봤다.

"무슨 사정인지 말하지 않으면 당장 아웃이겠죠?"

"사정이라는 게 정말 있는 건지 없는 건지 알 수가 있어야 지. 그냥 남자 마음 흔들려고 지어낸 말일 수도 있고."

"제 사연은 좀 많이 아프거든요. 그런 수작으로 사용할 만 큼 값싸지 않아요. 미안해요, 정말 마음에 들지 않으셨나 보 네요. 다른 아가씨 붙여드릴게요."

밀레나가 자리에서 일어났다.

곧 그녀가 사라진 자리엔 다른 여인이 와서 앉았다.

"안녕, 오빠. 로제야. 오빠는?"

"마렉."

"멋진 이름이네. 같이 한잔?"

자신을 로제라고 밝힌 여인은 싹싹하고 밝았다.

그리고 예뻤으며 어려 보였다.

하룻밤 놀기에는 딱 적당한 상대였다.

그런데 이상하게 마렉의 눈에 들어오지 않았다.

그의 머릿속엔 밀레나의 얼굴이 계속 떠나지 않고 있었다.

새로운 손님이 들어섰고, 밀레나는 그를 상대하게 되었다.

마렉과 달리 그 손님은 밀레나와 이런저런 얘기를 나누며 즐거운 시간을 보냈다.

마렉의 시선은 계속 그런 밀레나만을 향해 있었다.

로제는 마렉이 그러거나 말거나 신나게 자기 할 말을 떠들어대고 술을 마셨다.

애초에 그녀는 몸만 이 테이블에 있는 것이지, 마음은 완전히 딴 곳에 가 있었다.

그러다 술 한 병이 다 비워졌다.

조금 취한 로제가 마렉을 야릇한 시선으로 바라보며 물었다.

"우리 오늘 같이 있을까?"

마렉이 자리에서 일어났다.

따라 일어서려는 로제의 어깨를 마렉이 지그시 눌렀다.

"따라오지 마."

묵직하게 한마디를 남기고서 로제의 가슴에 두둑히 팁을 꽂아 준 마렉이 펍을 나섰다.

손님을 상대하며 웃고 떠들던 밀레나의 시선이 그런 마렉의 뒷모습을 잠깐 훑었다.

땡땡땡땡땡!

시끄러운 종소리에 마렉은 잠에서 깼다.

"으… 머리야."

어제는 밤새 마셨던 술이 여관방에 들어오자 한번에 확 올라왔다.

침대에 눕자마자 골아 떨어져서는 해가 중천에 뜰 때까지 시체처럼 잠만 잤다.

지금도 입에서는 술 냄새가 풀풀 풍겼다.

땡땡땡땡땡!

종소리는 계속해서 마렉의 머리를 두들겨댔다.

"에이 씨팔, 잠 좀 자자!"

마렉이 귀를 틀어막고 고함을 빽 질렀다.

그때 벌컥! 하며 마렉의 방문이 열렸다.

"대장!"

노크도 없이 뛰어 들어온 건 하멜 용병단원 루키였다.

"무슨 일이야?"

"골렘이야!"

"뭐?"

그제야 마렉은 이 종소리가 무얼 뜻하는 건지 알아챘다.

"염병, 숙취 때문에 죽겠는데."

마렉이 침대에서 내려와 크림슨 두 자루를 허리에 찼다. 허겁지겁 여관 밖으로 나오니 마을 사람들은 집안으로 숨어드느라 정신이 없었다.

하멜 용병단은 이미 여관 앞에 모여 있었다.

"어제 얼마나 퍼마셨길래 여태 못 일어난 거야!"

용병 중 누군가가 마렉에게 성을 냈다.

하지만 마렉은 이를 간단히 무시했다.

"골렘 놈들은 어디냐!"

마렉의 물음에 용병들이 일제히 바루안의 동문으로 향했다.

마렉도 용병들을 따라 달렸다.

속이 계속 울렁거려 달리는 도중 바닥에다 몇 번이나 어제 먹은 것들을 게워냈다.

"토하면서 달리지 마! 더러워 죽겠네!"

누군가가 또 마렉을 타박했다.

아마도 조금 튄 모양이다.

*   *   *

골렘들은 이미 동문 근처까지 다가와 있었다.

녀석들은 온몸이 돌덩어리로 이루어진 스톤 골렘이었다.

신장은 3미터 가량 되었고, 전신이 돌덩이인만큼 어지간한 무기는 잘 들지도 않는다.

그런 녀석들이 스물이나 나타났으니 어지간한 병력으로는 막기가 힘들었다.

하지만 그건 일반인들의 얘기다.

마렉에게는 전혀 해당되지 않았다.

마렉이 크림슨을 꺼내 양쪽 어깨에다 턱 받치고서 앞으로 나섰다.

"이 골렘 새끼들! 감히 나 마렉님의 단잠을 깨워? 당장 모래로 만들어주웨에에에엑!"

"으악! 대장이 똥폼 잡다가 토한다!"

"아 더러워, 진짜!"

"입을 열지 마! 그냥 싸워!"

"뭐하자는 짓거리야!"

싸우기도 전에 동료들에게 비난 받고 전의를 상실할 판이었다.

머리는 지끈대고 속은 울렁거리고.

"우욱. 돌겠네."

컨디션 최악인데 골렘들은 계속 다가오고 있었다.

마렉은 빨리 이것들을 정리하는 게 최선이라고 생각했다.

"에라이!"

마렉이 크림슨 두 자루에 오러를 실어 앞으로 달려 나갔다.

선두에 있던 스톤 골렘이 마렉에게 거대한 돌주먹을 휘둘렀다.

마렉은 크림슨을 크게 휘둘렀다.

서걱!

골렘의 손목이 두부처럼 싹뚝 잘려나갔다.

"으리야아아압!"

마렉은 그 기세를 이어 스톤 골렘의 두 다리를 잘랐다.

이어, 몸을 두동강 냈다.

스톤 골렘은 순식간에 조각조각 나 평범한 돌덩이로 변했다.

그에 모든 스톤 골렘들이 마렉을 노리며 달려들었다.

"그래! 다 와라!"

마렉이 호기롭게 외치며 가까이 오는 스톤 골렘부터 조각을 내놓기 시작했다.

마렉의 주변으로 돌덩이들이 하나둘 늘어났다.

그의 검이 움직일 때마다 스톤 골렘의 수가 하나씩 줄어들었다.

결국 스물이나 되던 스톤 골렘들은 마렉 한 명을 어쩌지 못하고서 채 십 분이 지나기 전에 쓸모없는 돌덩이가 되고 말았다.

순식간에 전투를 끝낸 마렉이 크림슨을 검집에 넣었다.

그리고 하멜 용병단원들에게 브이 자를 그려 보이며 토했다.

"웨에에에에엑!"

"대장이 또 똥폼 잡다가 토한다!"

"…진짜 가지가지 한다."

"가자, 가. 스톤 골렘이라고 해서 대단한 줄 알았더니 별거 없네."

하멜 용병단원들이 모두 돌아가려 하던 그때였다.

구르르르릉. 구르릉.

조각난 돌덩어리들이 살아 있는 것처럼 이리저리 굴러가더니 한데 뭉치기 시작했다.

"뭐야, 또?"

마렉이 심드렁하게 그 광경을 지켜봤다.

한데 뭉친 돌덩이들은 제들끼리 합쳐져서 거대한 거인 스톤 골렘이 되었다.

그 키가 족히 이십 미터는 되어 보였다.

"허어……."

"뭐야, 지금? 합체한 거야?"

"주먹 봐라. 어지간한 집채 하나만 하다."

"끝난 줄 알았더니 그게 아니네?"

용병들이 저마다 한 마디씩을 주고받았다.

"흥! 덩치가 커져 봤자지!"

마렉이 다시 크림슨을 꺼내들었다.

그리고는 스톤 골렘에게 달려갔다. 날에 오르가 어린 검을 휘둘렀다. 크림슨의 톱니날이 스톤 골렘의 아킬레스건을 노렸다. 그러나 스톤 골렘을 짧게 뛰어 오르는 것으로 이를 피했다.

"어쭈?"

덩치는 커졌지만 움직임은 더 날렵해졌다.

콰앙!

스톤 골렘이 바닥에 착지하자 대지가 푹 꺼지고 먼지 구름이 자욱하게 깔렸다.

"쿨럭! 쿨럭! 먼지 먹었어."

"대장, 빨리 해치워!"

마렉은 아까부터 입만 놀리는 용병들을 잡아먹을 듯 노려본 뒤 다시 스톤 골렘에게 달려들었다.

이번에는 아킬레스건이 아니라 허벅지를 노렸다.

위로 높이 뛰어올라 크림슨을 수차례 휘둘렀다.

서거거걱!

스톤 골렘의 허벅지가 난도질당했다. 허벅지는 곧 수십조
각의 돌덩이가 되어 바닥에 흩어졌다. 중심을 잃은 스톤 골렘
이 버티지 못하고 옆으로 넘어졌다.

쾅!

전보다 더한 먼지가 일었다.

"쿨럭! 그놈의 골렘 진짜 민폐네!"

"이번에야말로 숨통을 끊어놔!"

안 그래도 그럴 참이었다.

마렉은 쓰러진 스톤 골렘의 사지를 잘게 부쉈다. 그 다음엔
몸둥이를 수백 조각으로 쪼갰고, 마지막엔 머리를 깨부쉈다.

"끝!"

이번에야말로 진짜 끝이겠지 생각했다.

그런데 조각난 돌맹이들이 또 다시 합쳐지려 하고 있었다.

"뭐야 이거? 대체 어쩌자는 거야?"

황당하기 그지없었다.

아무리 깨부숴도 계속 이런 식으로 재생해 버리면 상대할
방법이 없었다.

"돌겠네."

여기서 스톤 골렘을 막아내지 못하면 바루안 마을은 또 피
해를 입는다.

근 한 달 동안 바루안 마을은 스톤 골렘의 침략으로 인해

식량과 여인들을 약탈당했다고 한다.

그 말인 즉, 스톤 골렘을 만든 마법사가 식량과 여인을 필요로 한다는 뜻이다.

아무튼 상황이 그렇다 보니 무슨 수를 써서라도 스톤 골렘을 막아야 했다.

"어떻게 이놈들이 제정신 차리고 그냥 돌덩이로 돌아갈까!"

마렉이 움직이는 돌들을 가만히 지켜보았다.

그런데 자세히 보니 모든 돌들이 다 움직이는 건 아니었다.

전혀 미동도 않는 돌덩이들이 제법 있었다.

더 자세히 보니 깨진 보석 조각 같은 것들이 바닥에 퍼져서 빛에 반짝였다.

붉은 빛을 내는 그 보석 조각은 돌덩이 몇 개에 박혀 있기도 했다.

그제야 마렉은 스톤 골렘의 비밀을 알 수 있었다.

"그렇군."

마렉은 그의 주변에서 움직이던 돌덩이 하나를 검으로 두 조각냈다.

서걱!

정확히 반이 잘린 돌덩이의 한쪽에는 구형태의 붉은 보석이 박혀 있었다.

두 조각 난 돌덩이 중 보석이 박혀 있지 않은 쪽은 더 이상 움직이지 않았다.

하지만 보석이 박혀 있는 돌덩이는 재차 움직이려 했다.

이에 마렉이 붉은 보석을 주먹으로 후려쳐 으깼다.

그와 동시에 움직이던 돌덩이가 그대로 굳어버렸다.

"이제 확실히 알았다! 저 보석 조각 같은 게 큰 돌덩이 안에 하나씩 박혀 있다 이거지? 그것들이 돌덩이를 움직이는 거였어!"

스톤 골렘의 비밀을 밝혀낸 마렉은 신나게 검을 휘둘렀다.

그의 검은 돌덩이들을 파괴하며 그 안에 있던 붉은 보석까지 깨뜨렸다.

마렉의 검이 휘둘러지길 수백 번.

이제 동문 근처엔 움직이는 돌덩이가 단 하나도 없었다.

스톤 골렘을 완벽하게 처리한 것이다.

"후, 끝났군."

마렉이 크림슨을 거두고서 동료들에게 돌아왔다.

"고생했어, 대장."

"그래, 고생했어. 골렘 상대하는 것보단 숙취 때문에 더 고생인 것 같지만."

"천하의 마렉도 나이 앞엔 어쩔 수 없네. 술한테 지다니."

동료들은 마렉을 놀려댔지만, 같이 웃고 떠들 기분이 아니었다.

"젠장, 확실하게 처리하지 못했어."

"무슨 소리야? 골렘 다 잡았으니 됐지."

"골렘이 그냥 나타나냐? 마법사가 만들었으니 나타나지. 골렘을 만든 마법사를 잡아야 끝나는 거다, 이 무식한 새끼들아."

"그 많은 골렘들을 때려잡았는데 금방 또 골렘을 만들어서 보내겠어? 일단 철수합시다. 그리고 나중에 의뢰 들어오면 그때 또 오면 되잖아. 돈 한 번 더 벌 수 있고 좋지 뭐."

"이 새끼야, 넌 그게 문제야. 하멜 용병단이 고작 그거밖에 안 돼? 속물 같은 놈."

"왜 이래? 평소에는 대장이 더 속물 같은 소리 잘만 하면서."

"스톤 골렘이 여자도 데려간다잖아!"

"그게 뭐? 내 여자 데려가는 것도 아니고."

용병단원은 심드렁하게 대답했다.

하지만 마렉의 머릿속에서는 갑자기 밀레나의 얼굴이 스쳐 지나갔다.

그는 고개를 휘휘 저었다.

어차피 하룻밤 스쳐 지나갔던 술집 여인이었다.

그런데 왜 자꾸 그녀의 얼굴이 잊히지 않는 것인지 모르겠다.

무슨 사정이 있어서 술집 일을 하고 있다는 얘기 때문이었을까?

'쳇. 사정은 무슨 놈의 사정. 다 손님 잡으려고 꾸며낸 거지.'

머리로는 그렇게 생각했지만 마음은 그게 아니었다.

"아무튼 당분간 여기 남아서 상황을 더 지켜본다. 골렘이 다시 나타나기 전까지는 자유시간이다. 이만 해산!"

결국 마렉은 바루안에서 더 지내기로 했다.

*　　　*　　　*

낮에 못잔 잠을 마저 자고 일어났더니 해가 뉘엿뉘엿 지고 있었다.

허기진 배를 여관의 홀에서 대충 채운 뒤 밖으로 나섰다.

그런 마렉의 뒤를 동료 용병 몇 명이 따라붙었다.

그들은 어제 갔던 술집으로 가 술판을 벌였다.

평소 같았다면 술자리에서 가장 시끄러운 이가 바로 마렉이었을 텐데 오늘따라 유난히 조용했다.

그렇다 보니 같이 술을 마시는 용병들까지도 말수가 줄었다.

술자리는 확 달아오르지 못한 채 미적지근하게 이어졌다.

마렉은 무언가 고민에 빠진 얼굴이었다.

그의 손은 기계적으로 술잔을 들어 입에 가져갔다.

안주도 하나 집어 먹지 않고 쉴 새 없이 비운 술이 벌써 몇 통이었다.

마렉의 동료 용병들은 전부 고주망태가 되었다.

그들이 있던 펍은 문을 닫을 시간이 되었다.

마렉이 동료 용병들의 엉덩이를 걷어차 깨운 다음 밖으로 내몰았다.

그리고 용병들이 길거리에서 뻗거나 말거나 내버려둔 채 어딘가로 걸음을 옮겼다.

*　　　*　　　*

정신을 차려보니 마렉은 밀레나가 있는 그 술집 앞에 서 있었다.

여길 들어가 말아, 문 앞에 서서 몇 번이나 고민했다.

"나 참. 천하의 마렉이 뭐하는 거야?"

마렉은 관두고 돌아가기로 했다.

그런데 그때 술집의 문이 열렸다. 그리고 밀레나가 밖으로 나왔다. 한데 문 앞에 누군가 서 있다는 걸 예상 못했기에 그 대로 마렉의 가슴에 얼굴을 묻고 말았다.

"읍!"

놀란 밀레나가 뒤로 한 걸음 물러났다.

마렉도 그녀와 똑같은 자세로 물러났다.

밀레나가 고개를 들어 마렉의 얼굴을 바라봤다.

"아… 어제 그 손님. 마렉이라고 했죠?"

"…그래."

"또 오셨네요?"

"아니, 들어갈 생각은 없었어."

"그래요? 흠… 어제 그 아가씨가 마음에 들어서 다시 온 줄 알았죠."

"그다지."

"알았어요, 그럼 수고하세요."

밀레나가 마렉을 지나쳐 갔다.

마렉이 그녀의 뒤통수에 대고 소리쳤다.

"어디가!"

밀레나가 뒤돌더니 검지를 입에 대고서 빙긋 웃으며 윙크했다.

그리고는 다시 가던 길을 갔다.

"어쩌라는 거야?"

마렉은 멀어지는 밀레나를 지켜보다가 저도 모르게 그 뒤를 따라 걸었다.

Chapter 08
움직이는 마음

아르덴 전기

으슥한 골목을 빠져나온 밀레나는 질 나빠 보이는 사내 두 명과 접선했다.

마렉은 적당히 거리를 두고 떨어져서 어둠에 몸을 숨겼다,

그리고 밀레나와 사내들 사이에서 오가는 대화를 엿들었다.

"로만, 오늘은 어디예요?"

밀레나가 사내들에게 물었다.

그러자 두 사내 중 짧은 파란머리 사내가 대답했다. 그가 로만인 모양이었다.

"이브라히."

"지금 뭐하자는 거예요?"

이브라히라는 이름을 듣자마자 밀레나의 미간이 와락 구겨졌다.

로만의 곁에 있던 사내, 한머가 그런 밀레나를 달래려 했다.

"밀레나. 우리도 그 인간한테 널 보내긴 싫은데 지금 아가씨가 없는 걸 어쩌겠어?"

"전 못가요. 그 변태새끼한테는 두 번 다시 안 가겠다고 했잖아요."

"이번만 눈 꼭 감고 가자, 웅? 대신 돈은 두 배로 쳐줄게. 너 우리한테 진 빚 열심히 갚아야 하잖아. 이게 얼마나 좋은 기회야."

"싫다니까요!"

"그럼 세 배. 어때?"

한머가 계속 밀레나를 설득했다.

하지만 밀레나는 강경하게 거절했다.

"분명히 말했죠? 절대 싫어요."

순간 로만의 손이 그녀의 뺨을 후렸다.

짝!

"악!"

밀레나가 바닥에 털썩 쓰러졌다.

"야 이년아. 지금 네가 우리랑 기싸움 할 때야? 너, 우리한 테 빌린 돈 다 갚기 전까지는 우리 거야. 사람이 아니라 물건 이라고. 그런데 감히 어디서 대들어? 가라고 하면 두말없이 가, 썅!"

밀레나는 입가에 흐르는 피를 닦았다.

그녀가 표독스런 시선을 로만에게 던졌다.

"그래도, 이년이!"

로만이 밀레나의 멱을 잡고 들어 올렸다.

"한 대 더 맞기 전에 조용히 가겠다고 해."

"……."

"어서!"

"퉤!"

"윽!"

밀레나는 로만의 얼굴에 침을 뱉어 버렸다.

"이 개 같은 년!"

화가 머리끝까지 난 로만이 다시 한 번 밀레나의 뺨을 갈기 려했다. 그런 로만을 한머가 제지했다.

"야야! 얼굴에 상처 나면 안 돼!"

그 말에 손을 멈춘 로만은 무릎으로 복부를 찍어 올렸다.

퍽!

"……!"

밀레나는 비명도 내지 못하고서 배를 움켜쥐고 쓰러졌다.

그런 밀레나의 얼굴에 발을 턱 하고 올려놓은 로만이 무섭게 말했다.

"수틀리면 네년 대가리 그냥 깨버리는 수가 있어. 젊은 나이에 요절하기 싫으면 고분고분해지는 걸 배우라고. 카악~! 퉤!"

밀레나의 몸에 침까지 뱉고 나서야 로만은 분이 풀리는 모양이었다.

한머가 얼른 밀레나를 부축해 일으켰다.

"그러게 괜히 반항 안했으면 됐잖아."

"하악! 하악! 로만… 이 개자식아… 나, 절대로 안 가."

겨우 화를 가라앉힌 로만이었다.

그런데 밀레나가 그런 그의 성질을 다시 건드렸다.

로만은 이번엔 말도 하지 않고 다가와 밀레나의 명치에 주먹을 박아 넣으려 했다.

하지만 그럴 수 없었다.

갑자기 나타난 거구의 사내가 로만의 팔을 확 틀어잡았다.

마렉이었다.

로만이 자기들 일에 끼어든 불청객을 노려보았다.

"뭐야? 이거 안 놔?"

"너, 여자한테 무슨 짓이냐."

"괜히 객기 부리다가 길거리에 묘비 세우지 말고 그냥 가라."

로만이 제법 음산한 음성으로 경고했다.

하지만 마렉에겐 전혀 통하지 않았다.

마렉이 픽 웃었다.

"이 새끼가!"

로만이 품에서 단검을 꺼내 마렉을 찌르려 했다.

마렉은 그 칼날을 맨손으로 잡았다.

그리고는 힘을 주어 옆으로 틀어버리자 날이 뚝! 하며 분질러졌다.

"……?!"

로만이 날의 밑둥만 남은 단검을 놀란 눈으로 바라봤다.

그 순간.

뻐억!

"컥!"

무쇠 같은 주먹이 날아와 로만의 복부를 후려쳤다.

뒤로 죽 날아간 로만은 건물 벽에 등을 부딪치고서 앞으로 고꾸라졌다.

그사이 한머가 소리 없이 단검을 꺼내 마렉의 등에 꽂으려고 했다.

하지만 통할 리가 없었다.

마렉이 뒤돌아서며 손날로 한머의 목 언저리를 후려쳤다.

빠각!

"껙!"

한머가 단말마를 내뱉으며 그대로 쓰러졌다.

순식간에 두 사내를 제압한 마렉이 잔뜩 겁에 질린 밀레나를 보며 물었다.

"괜찮냐."

밀레나는 버릇처럼 고개를 끄덕였다.

"괜찮기는. 엉망이구만."

마렉이 밀레나를 두 손으로 번쩍 들어 품에 안았다.

그리고 거리를 떠났다.

*　　　*　　　*

마렉은 밀레나를 자신의 숙소로 데려왔다.

침대에 앉아 이불로 몸을 둘둘 둘러싼 밀레나는 한동안 아무 말도 하지 않았다.

마렉은 방 한구석에 마련 된 의자에 앉아 창밖만 바라봤다.

그렇게 오래도록 침묵이 흘렀다.

"저기……."

비로소 밀레나가 입을 열었다.

마렉의 시선이 자연스레 그녀에게 향했다.

"고마워요."

"고마운 줄은 알아?"

"네. 그쪽 아니었으면 그 변태 새끼한테 아침까지 시달릴 뻔했어요."

"…아까 그놈들 뭐야."

밀레나가 머뭇거리다가 겨우 말을 꺼냈다.

"제가 빚을 진 곳의 사람들이에요."

"빚이 제법 되나 봐?"

"처음엔 그렇게 많지 않았는데 이자가 무섭게 붙어버렸어요. 술집에서 일하게 된 것도 그 때문이고. 그런데 아무래도 술집 일만 해서는 빨리 돈을 갚을 수가 없어서 일주일에 한 번씩 그 사람들이 지명해 주는 고객을 상대해요."

"몸을 판다는 말이군."

"…직설적이시네요. 맞아요. 몸 팔아요, 나. 돈 갚으려고."

"어제 나한테 말하지 못했던 사정이라는 게 그거야? 돈 갚으려고 몸 판다는 거?"

마렉의 물음에 밀레나가 자조적인 미소를 머금었다.

"그깟 게 무슨 사정이나 될까요. 술집에서도 하루에 한두 번씩은 몸을 굴리는데."

"그럼 무슨 사정이 있다는 거야?"

"말 안 할래요. 그리고… 아까는 고마웠지만 이제부터가 걱정이네요. 결과적으로 말하자면 당신… 정말 쓸데없는 짓 했어요. 오늘 일을 빌미로 앞으로 더 저를 괴롭힐 거예요. 당신한테 맞은 치료비를 저한테 뜯어내려 하겠죠. 이제는 이브라히를 상대하라고 해도 거절하지 못하겠죠. 인생 참 힘들게 꼬이네요."

밀레나가 둘렀던 이불을 걷어내고 침대에서 내려왔다.

"뭐하는 거야?"

마렉이 물었다.

"가봐야죠. 조금이라도 빨리 가서 사과하는 게 나아요. 늦어질수록 상황은 더 안 좋아질 거예요."

"네가 뭘 잘못했다고 사과를 해?"

"잘못했죠. 그 인간들한테 돈을 빌린 것 자체가 잘못이었죠. 너무 늦게 알아버렸지만. 갈게요. 다시는 마주치는 일 없었으면 해요. 우리 가게도 더 찾아오지 말아요."

방을 나서려는 밀레나의 팔을 마렉이 잡았다.

"…왜요?"

"빚이 얼만데."

"네?"

"빚이 얼마냐고. 얼만데 그걸 갚지 못해서 그렇게 쩔쩔 매는 거야? 말해봐. 얼마야."

"말하면요? 당신이 내주시려구요?"

"그래. 내줄테니까 말해봐."

"하."

밀레나가 땅을 보며 코웃음을 쳤다.

그리고는 경멸 어린 시선으로 마렉을 노려봤다.

"이 정도로 상대방 깔보는 분인 줄은 몰랐네요."

"뭐?"

"당신이 얼마나 대단한 분인 줄은 모르겠지만, 술집에서
일하는 여자라고 자존심도 없는 거 아니에요. 당신이 날 언제
봤다고 그 돈을 대신 내준다는 거예요?"

"말 더럽게 잘하네. 그런 게 아니라 그냥 내주겠다고!"

"이거 놔요."

밀레나가 마렉의 손을 뿌리쳤다.

그리고 방을 나갔다.

마렉은 차마 그녀를 끝까지 잡을 수 없었다.

*　　　　*　　　　*

바루안에서 묵은 지 사흘이 지났다.

그동안 마렉은 매일 밤마다 밀레나가 일하는 술집을 찾

왔다.

하지만 밀레나는 더 이상 그 곳에 나오지 않았다.

그날, 자신이 괜히 끼어들어서 무슨 일이 생긴 건 아닐까 걱정이 됐다.

밀레나 대신 첫날 마렉을 상대했던 로제라는 여인이 늘 테이블에 합석했다.

그녀는 말이 참 많았다.

지치지도 않는지 마렉과 합석할 때마다 미주알고주알 여러 가지 이야기들을 늘어놓았다.

그러다가 새로운 손님이 오면 그 손님에게 가버렸다.

마렉은 그녀를 침실까지 데려가지 않는다는 걸 알았기 때문이다.

이왕 손님을 상대할 거라면 침실로 데려가주는 손님을 상대해야 돈벌이가 더 된다.

오늘도 로제는 마렉에게 이런저런 이야기를 늘어놓다가 자리에서 일어났다.

한데 다른 손님을 상대하러 간 게 아니었다.

술집 주인과 몇 마디 이야기를 나누더니 작은 가방을 챙겨 밖으로 나가버렸다.

마렉도 그녀를 따라 술집을 나섰다.

더 이상 죽치고 앉아 있어 봤자 얻을 게 없기 때문이다.

그런데 골목을 벗어나자마자 마렉은 익숙한 얼굴들을 볼 수 있었다.

로만과 한머였다.

로만은 코에 커다란 반창고를 붙였고, 한머는 붕대로 목을 친친 감은 상태였다.

둘 다 마렉에게 맞은 부위였다.

마렉이 골목 어귀에 숨어서 그들의 얘기를 엿들었다.

"오늘은 누구야?"

로제가 물었다.

"테파른."

로만이 대답했다. 로제는 망설임 없이 고개를 끄덕였다.

"알았어. 테파른도 이비흐리 못지않은 변탠데. 가격은 두 배 쳐주는 거지?"

"그럼, 그럼."

한머가 크게 고개를 끄덕였다.

로만이 로제의 머리를 쓰다듬었다.

"이렇게 고분고분하면 얼마나 좋아? 밀레나는 괜히 개기다가 감금 당했잖아."

'감금을 당해?'

마렉의 눈꼬리가 치켜 올라갔다.

"며칠 개처럼 지내다 보면 정신 차리고 복종하겠지. 우리

로제처럼."

"나, 일하고 올게."

로제가 로만의 손길을 슬쩍 피하고서 한머에게 말했다.

"그래, 가자."

한머가 로제와 함께 이동했다.

로만이 그들에게 손을 흔들었다.

"일 끝나면 로제 바로 데리고 와라. 오늘 한 달 월급 정산하는 날이다. 뭐… 정산해 봤자 빌려간 돈 이자 계산하고 나면 받을 것도 없겠지만."

로만은 낄낄대며 어딘가로 걸음을 옮겼다.

마렉이 그의 뒤를 미행했다.

*　　　*　　　*

로만이 도착한 곳은 바루안시 외곽의 커다란 창고 건물이었다.

유독 다른 건물들과 동떨어진 곳에 세워진 건물은 주변이 휑 해서 그런지 유난히 을씨년스럽게 느껴졌다.

로만은 건물의 문으로 다가가 노크를 했다.

그런데 평범한 노크는 아니었다.

똑똑. 똑똑똑. 쿵! 똑.

짧게 두 번, 다시 세 번, 강하게 한 번, 다시 짧게 한 번.

그렇게 하고 나니 문이 열렸다.

로만은 주변을 살핀 뒤, 창고 안으로 들어갔다.

모든 걸 지켜본 마렉이 창고 문으로 다가가 똑같이 노크를 했다.

똑똑. 똑똑똑. 쿵! 똑.

그러자 안에서 낯선 사내의 소리가 들려왔다.

"뭐야? 한머냐? 벌써 온 거야? 왜? 로제가 테파른이랑 있기 싫대?"

문이 열렸다.

문 너머에는 덩치 좋은 대머리 사내가 서 있었다.

"어?"

대머리 사내는 마렉을 보고서 당황해 주춤거렸다.

그 사이.

퍽!

"……!"

마렉의 주먹이 사내의 복부에 작렬했다.

사내는 그대로 쓰러져 기절했다.

마렉이 건물 안으로 들어서 내부를 살폈다.

건물 안엔 소파 몇 개와 테이블 말고 가구랄 것이 없었다.

그리고 소파 위엔 건달패 십수 명이 앉아 있었다.

"뭐야, 저거?"

건달패는 마렉에게 눈을 희번득거리며 다가왔다.

"죽여!"

한 놈이 명령을 내리자 일제히 단검을 꺼내들고 달려들었다.

마렉은 콧방귀를 뀌며 전광석화처럼 주먹을 휘둘렀다.

퍼퍼퍼퍼퍽!

마렉에게 달려들었던 건달패가 하나같이 턱이 아작 나 바닥에 쓰러졌다.

눈 깜빡할 새 여섯이 졸도하자 남은 건달들은 겁을 집어먹고 섣불리 덤비저 못했다.

그러자 마렉이 놈들에게 달려들었다.

퍼퍼퍼퍼퍽!

이번에도 마렉의 일방적인 공격이 이어졌다.

건달들은 자신이 어떻게 맞는지도 모른 채 뻗어버렸다.

마지막으로 명령을 내렸던 녀석의 앞에 다가선 마렉이 놈을 내려다보았다.

그는 마렉보다 머리가 두 개는 작았다.

"이, 이 새끼!"

그래도 다른 건달들보단 제법 강단이 있는지 들고 있던 단검을 매섭게 찔러 넣었다.

마렉은 그것을 막지 않았고, 날은 그의 복부에 꽂혔다.

'됐어!'

하지만.

깡!

"어…?"

날은 마렉의 복부를 뚫지 못하고서 그대로 부러졌다.

마렉이 약간의 오러를 단검이 닿는 부위에 집중시킨 것이다.

건달의 얼굴은 사색이 되었다.

턱.

마렉이 녀석의 손목을 잡았다. 그리고 옆으로 꺾었다.

빠득!

"아악!"

건달의 입에서 비명이 터져 나왔다.

마렉의 두툼한 손이 그 입을 틀어막았다. 그리고 힘을 주자 콰드득! 하는 소리가 들리며 턱이 바스러졌다.

"어어… 어어어……!"

건달은 덜렁 거리는 턱을 한 손으로 감싸고서 괴로워했다.

"쓰레기 같은 놈들."

마렉은 인상을 와락 구기며 놈의 옆구리를 걷어찼다.

뻐억!

"껵……!"

맞은 반대방향으로 빠르게 날아간 건달이 벽에 머리를 부딪쳤다.

쾅!

바닥에 쓰러진 건달은 그대로 눈을 감고 기절했다.

마렉은 조금 전에 건물 안으로 들어간 로만을 찾았다.

방금 상대한 녀석들 중 로만의 모습은 보이지 않았다.

그때.

"딸꾹!"

딸꾹질 소리가 들려왔다.

마렉의 시선이 소리가 난 쪽으로 움직였다.

그리고 지하로 내려가는 입구에서 고개만 내밀고 있던 로만과 눈이 마주쳤다.

"저, 저 미친 새끼!"

로만이 욕을 내뱉으며 지하로 내뺐다.

마렉이 그 뒤를 쫓았다.

타타타타타타탁!

로만은 걸음아 나 살려라 하며 정신없이 도망쳤다.

"어떻게 여기까지 온 거야!"

마렉은 로만을 당장 잡아챌 수도 있었지만 그러지 않았다.

만약 지하가 미로 같은 구조라면 로만을 지금 잡는 게 아무런 도움이 되지 않는다.

그리고 이런 구린 일을 하는 놈들은 대체로 미로 같은 구조물 속에서 살아가곤 한다.

마렉이 로만을 잡을 듯 말 듯 아슬아슬하게 쫓아가면, 필시 놈은 제 목숨 건사하기 위해 동료들이 있는 곳으로 이끌 것이다.

역시나 마렉의 생각대로였다.

계단이 끝나자 미로 같은 길이 이어졌다.

처음에는 외길이었으나 이내 두 개로 나뉘어지고 그것이 다시 세 개, 네 개로 나뉘었다.

로만은 그 길들 중 트랩이 없는 곳, 헤매지 않아도 되는 곳을 찾아 정직하게 마렉을 인도했다.

그러다 어느 길에 들어서자 끝에 문이 하나 보였다.

로만은 그 문을 박차고 안으로 들어서며 소리쳤다.

"침입자다!"

넓은 방 안엔 테이블이 여러 개 놓여 있었다.

긴 소파도 보였다.

그곳에 아무렇게나 앉아 카드를 치거나 술을 즐기던 건달패들이 놀라서 로만을 바라보았다.

"나, 나 좀 살려줘!"

로만이 동료들에게 말했다.

하지만 그 말은 곧 로만의 유언이 되고 말았다.

서걱!

"……!"

어느새 크림슨을 뽑아든 마렉이 로만의 목을 벤 것이다.

툭. 데구르르르.

놈의 머리가 바닥을 굴렀다.

잘린 목에서는 피가 분수처럼 솟구쳤다.

머리를 잃은 몸뚱이도 이내 힘을 잃고 쓰러졌다.

털썩.

갑자기 벌어진 상황에 건달패들은 멍해 있다가 얼른 각자의 무기를 꺼내들었다.

단검부터 롱소드, 팔치온, 배틀엑스, 봉까지 무기들도 다양했다.

마렉의 입장에선 전부 오합지졸이었다.

"하압!"

배짱 좋은 건달 한 놈이 먼저 나섰다.

그는 한 손에 든 롱소드를 바람처럼 휘둘렀다.

마렉의 목 언저리를 노리며 군더더기 없이 날아드는 게 제법 검을 쓰는 모양이다.

하지만 그래 봤자 하수다.

마렉이 크림슨을 들어 그것을 막았다.

쨍강!

오러가 어린 크림슨의 날이다.

그것에 부딪힌 롱소드는 유리처럼 깨지고 말았다.

마렉이 들어 올린 크림슨을 횡으로 휘둘렀다.

서걱!

"······!"

롱소드를 든 건달은 로만이 그랬던 것처럼 목이 잘려 죽음을 맞았다.

"오, 오러…!"

건달들 중 누군가가 놀라 소리쳤다.

지금 이 자리에 있는 이들 중 누구도 오러를 사용하지 못한다.

그들은 전문 검사가 아니라 못된 짓을 일삼아 하루하루 연명하고 사는 밑바닥 건달일 뿐이다.

일반 시민들에겐 공포의 대상이지만 검사들에겐 척결 대상이다.

쨍그랑!

누군가가 무기를 놓고 두 손을 머리 위로 들어 올렸다.

싸울 의지가 없다는 표시다.

그러자 다른 건달들도 일제히 무기를 놓고 손을 들었다.

쨍그랑, 쨍.

넓은 공간에 병장기 울리는 소리가 요란했다.

마렉이 항복의사를 표한 건달들에게 한 발 한 발 다가갔다.

그 모습이 마치 사신이 다가오는 것 같았다.

"사, 살려 주십시오."

건달 한 명이 거의 울 듯한 얼굴로 목숨을 구걸했다.

마렉이 그를 노려보며 물었다.

"밀레나, 어디 있냐."

"제, 제가 안내해 드릴 수 있습니다!"

"그래? 그럼 다른 놈들은 필요 없군."

마렉의 말에 안내를 자청한 건달을 제외한 나머지들의 가슴이 철렁했다.

설마 죽이려는 건가? 라는 생각을 이어나갈 새도 없었다.

서거거거거걱!

크림슨 두 자루가 귀신 같이 움직인다 싶었을 땐, 딱 한 명을 제외한 나머지 건달들은 목 없는 시체가 되어 있었다.

"흐거어어어어……!"

살아남은 건달이 이 소름끼치는 광경에 비명을 질렀다.

크림슨은 그 입을 틀어막았다.

"지금부터 입 열지 마라. 얘기도 하지 마라. 그냥 내 앞에 서서 길만 안내해. 허튼 수작 부리는 순간 골이 쪼개진다. 알았냐?"

건달은 바들바들 떨며 고개를 끄덕였다.

Chapter 09
흑제와의 재회

아르덴 전기

건달은 감히 수작 부릴 생각도 못한 채 순순히 감옥으로 길을 안내했다.

감옥은 이미 내려온 지하에서 한 번 더 지하로 내려가니 나타났다.

좁은 감옥 안에는 열 명 정도의 사람이 갇혀 있었다. 그중에 남자는 한 명도 없었다.

마렉은 여인들을 죽 훑었다.

하나같이 고개를 푹 숙이고 있어서 밀레나를 찾기가 어려웠다.

"밀레나!"

마렉은 그냥 그녀의 이름을 외쳤다.

그러자 금발 머리의 여성이 고개를 들고 마렉을 바라봤다.

밀레나였다.

얼굴이 무척이나 수척했다.

볼살이 쫙 빠졌고, 눈에는 힘이 없었다.

사흘 동안 쫄쫄 굶긴 모양이었다.

마렉의 눈에 불똥이 튀었다.

빠드드득!

그가 이를 갈자 길을 안내했던 건달이 사지를 바들바들 떨어댔다.

"마… 렉?"

밀레나가 믿을 수 없다는 시선으로 마렉을 바라봤다.

"여긴 어떻게……?"

"뭘 어떻게 와! 네 돈 대신 갚으러 왔지."

"……!"

밀레나가 놀라서 눈을 동그랗게 떴다.

마렉은 크림슨 두 자루를 양손에 쥐고서 철창을 향해 휘둘렀다.

서걱!

탕! 타타탕!

철창의 위, 아래 부분이 깔끔하게 잘려 나갔다.

긴 쇠파이프로 변한 철창들이 바닥을 굴러다녔다.

"모두 나와."

마렉이 말했지만 아무도 철창 안에서 나오지 못했다.

다들 잔뜩 겁에 질려 있었다.

지하에 사는 건달패들이 여자들을 얼마나 함부로 대했을지 안 봐도 뻔했다.

"나오라니까!"

마렉이 버럭 소리쳤다.

하지만 여전히 일어나는 사람이 없었다.

그런 와중 밀레나가 천천히 몸을 일으켰다.

그가 사람들을 헤치고 감옥에서 나왔다.

"너희들은 안 나올 거야? 여기서 평생 살래?"

밀레나가 그런 마렉에게 말했다.

"못 나오는 거예요. 혹시라도 자칼 놈들한테 해코지 당할까 봐."

"자칼?"

"바루안의 밤세계를 지배하는 집단이에요. 납치, 인신매매, 술, 도박, 매춘, 마약, 청부살인, 돈이 되는 일이라면 무엇이든 다해요. 조직이 워낙 커서 각 분야별로 전문가들이 따로 배치되어서 일을 관리해요."

"그래서 그놈들이 두려워 나오지 못한다고?"

"네."

"그럼 내가 싹 다 정리해 버리면 되겠네. 그렇지?"

"……네?"

밀레나는 마렉이 무슨 말을 하는 건가 싶었다.

다른 여인들도 마찬가지였다.

그때 시끄러운 발소리와 함께 수십 명의 인원이 지하감옥으로 내려왔다.

하나같이 병장기를 꼬나든 그들은 이전에 마렉이 죽인 놈들보다 조금 더 강해 보였다.

하지만 그래 봤자 도토리 키재기다.

마렉이 지하감옥까지 안내한 건달에게 물었다.

"너, 이름이 뭐냐."

"제, 젬마입니다."

"그래, 젬마. 지하수로 구석구석, 어디에 뭐가 있는지 다 알고 있냐? 간부급 놈들이랑 너네 우두머리가 있는 곳도 알아?"

"아, 압니다!"

"반드시 알아야 할 거다. 모르는데 안다고 했다가는 편히 죽을 거 고통스럽게 죽는다."

밀레나는 수십 명의 적을 앞에 두고서 여유롭게 대화나 나누는 마렉이 이해되지 않았다.

"마렉! 뭐하는 거예요! 빨리 도망가요!"

"내가 도망가면 너는?"

"난 어떻게든 되겠죠. 애초부터 이런 인생이었어요. 그러니까 난 신경 쓰지 말고 도망가라구요!"

"야."

마렉이 밀레나의 머리 위에 손을 턱 얹었다.

그리고 머리카락을 마구 헝클어뜨렸다.

"애초부터 그런 인생인 사람은 없어. 인생은 말이다. 네가 포기하는 순간 끝나는 거야."

"……."

"그리고 아직 포기하기 이르다는 걸!"

마렉이 쥐고 있는 크림슨 두 자루에 오러가 스몄다.

"내가 보여주마!"

젬마가 곧 눈앞에 펼쳐질 참상을 예상하고 눈을 질끈 감았다.

하지만 밀레나는 그러지 못했다.

곧 그녀의 앞에서 대학살이 펼쳐졌다.

사람의 사지가 잘려 나가는 것은 기본이었다.

뼈와 살이 튀고 피가 바닥에 난무했다.

머리가 부서져 뇌수가 쏟아졌다.

쩍 갈라진 복부에서 내장이 흘러나왔다.

순식간에 지옥도가 펼쳐졌다.

마렉의 검 두 자리에 수십 명의 사람들이 비명 한 번 지르지 못하고서 다져졌다.

이 상황이 마치 꿈만 같았다.

마지막 한 놈의 골을 두 개로 쪼갠 마렉이 그제야 밀레나를 돌아보았다.

그녀는 혼이 나간 듯 멍한 시선으로 말이 없었다.

"가자."

마렉이 밀레나의 손을 잡아끌었다.

"안내해라, 젬마."

"어, 어디로요?"

"우두머리 있는 곳으로!"

"네, 넷!"

*　　　*　　　*

젬마는 길잡이가 되었다.

마렉은 밀레나의 손을 잡고 열심히 그 뒤를 따라갔다.

다른 여인들도 마렉의 강함을 경험한 뒤따라 붙는 중이었다.

이동하는 중간 중간 수십 명씩 무리를 지은 건달들이 앞을 막아섰다.

그럴 때마다 마렉은 단숨에 녀석들을 다진 고기로 만들었다.

그렇게 지하 통로를 십분 정도 헤집고 다니니 드디어 목적지에 도착할 수 있었다.

젬마는 다른 곳보다 넓은 통로의 끝에 달린 두터운 철문을 손으로 가리켰다.

"저, 저곳이 자칼님의 방입니다."

"우두머리 이름이 자칼이냐?"

"네, 네."

"제 이름 따서 조직 만드는 건 우리 후작 나으리랑 비슷하군."

자기 혼자만 알아들을 수 있는 농을 던진 마렉이 성큼성큼 문 앞으로 다가갔다.

그때 바닥에서 수십 개의 창대가 솟구쳐 올랐다.

"마렉!"

밀레나가 놀라 소리쳤다.

하지만 마렉의 몸에 부딪힌 창대들은 모두 부러져 나갔다.

이미 함정이 있을 것이라 예상하고서 온몸에 오러를 두른 후였다.

하나의 함정을 지나가고 나니 두 번째 함정이 발동했다.

통로의 양쪽에서 갑자기 불길이 솟구쳤다.

당연한 얘기지만 마렉에게는 조금의 타격도 입힐 수 없었다.

철문 앞까지 당도한 마렉이 주먹을 내질렀다.

따앙!

엄청난 소리와 함께 철문이 구겨지며 안쪽으로 떨어져 나갔다.

그와 동시에 자칼의 방에서 네 명의 사람이 튀어나왔다.

그들은 지금껏 상대했던 건달과 달리 기민한 움직임을 보였다.

넷 모두 독이 묻은 단검을 들고 있었다.

그것을 일제히 마렉에게 꽂아 넣으려 했다.

하지만 마렉이 더 빨랐다.

그가 크림슨을 엑스(X)자로 교차시키며 휘둘렀다.

서거거걱!

기습을 하려했던 네 사람의 몸이 전부 두동강 나며 바닥에 널브러졌다.

마렉이 자칼의 방으로 들어섰다.

그러자 또 다시 네 명이 롱소드를 휘두르며 달라붙었다.

크림슨 두 자루가 이번엔 큰 호를 그렸다.

네 사람은 몸이 사선으로 잘려 내장을 쏟으며 죽음을 맞았다.

짝짝짝짝!

방 안쪽에서 박수 소리가 들려왔다.

마렉이 보니 아래위로 검은색 가죽으로 몸을 감싼 왜소한 체구의 사내가 의자에 앉아 박수를 치고 있었다.

그의 뒤로는 두 명의 여인이 서 있었는데 범상치 않은 기도를 풍겼다.

"네가 자칼이냐?"

마렉의 물음에 사내가 고개를 끄덕였다.

"그래. 우리 아이들 숱하게 손봐줬더군? 뭐, 어차피 새로운 하늘이 열리면 다 필요 없는 놈들이긴 하지만. 그래도 계산은 확실히 해야지. 난 손해 보고서는 못사는 성미거든."

마렉이 콧방귀를 꼈다.

확실히 자칼은 그를 호위하는 두 여인보다 더 매서운 기운을 갈무리하고 있었다.

하지만 마렉에게는 발끝에도 미치지 못하는 수준이다.

게다가.

"하멜 용병단의 마렉이 얼마나 대단한 인간인지 한번 구경해 볼까?"

그는 마렉의 정체에 대해서도 이미 알고 있었다.

지금은 대륙에서 용병왕이라고 불리는 마렉이다.

그렇다면 저렇게 막말을 내뱉을 수 없을 텐데?

뭘 믿고 까부는 것인지 궁금할 지경이었다.

자칼이 차가운 미소를 머금고서 누군가를 불렀다.

"대마법사 바라모스 님이시여."

그러자 자칼의 좌측에서 환한 빛이 일더니 그것은 곧 사람의 형사으로 바뀌었다.

갑자기 방에 나타난 이는 황금빛 로브를 걸치고서 황금으로 만든 지팡이를 든 마법사였다.

후드 너머로 드러난 얼굴은 오십 줄은 충분히 되어 보였다.

로브 밖으로 살짝 흘러내린 머리카락은 백발이었고, 눈썹과 수북한 콧수염, 턱수염도 전부 하얗다.

비쥬얼은 확실히 대마법사라 불리울 만했다.

그런데 마렉은 그에게서 딱히 대단함을 느끼지 못했다.

풋내기가 아닌 것 같긴 하지만 위험이 감지되지 않았다.

"용병왕 마렉 크로거. 이렇게 마주하게 되니 반갑구만. 난 바라모스라고 하네."

"내가 지금 통성명이나 하자고 찾아온 거 같아?"

"클클클. 듣던 대로 성미가 급하군."

"긴 말 필요 없고, 내가 오늘 자칼이라는 조직을 이 마을에서 완전히 없애버리려고 왔으니까 시원하게 한 판 붙자!"

"이미 우리는 한 번 싸웠던 적이 있었지."

바라모스가 말했다.

"너랑 내가?"

"비록 난 그 자리에 없었지만 내가 만들어낸 아이들을 자네가 파괴했지."

무슨 말을 하는 건지?

마렉은 바라모스의 아이들과 싸운 기억이 없었다.

"헛소리는 저승에 가서 해라."

마렉이 크림슨을 고쳐 쥐고 달려들려 했다.

바라모스의 입이 다시 열렸다.

"사흘 전."

"사흘 전······?"

사흘 전이라면 바루안 마을 동문 근처에서 스톤 골렘과 싸웠던 일밖에 없었다.

순간 마렉의 눈이 가늘어졌다.

"혹시… 그 스톤 골렘들을 만들어낸 게 네놈이냐?"

"그래. 그 스톤 골렘들은 내가 만들어낸 아이들이지."

"이제 보니 나쁜 놈 둘이서 손잡고 쌩지랄을 하고 있었구만! 아주 잘됐다! 어차피 죽이려고 했었는데 명분이 하나 더 붙었구나!"

"클클클. 과연 네가 우리를 죽일 수 있을까?"

"아, 걱정하지 마라. 눈 깜짝할 새에 확인시켜 줄 테니까! 그전에 하나 물어보자."

"친절하게 대답해 주지."

"도대체 스톤 골렘은 왜 만들어서 도시를 습격한 거냐? 그래놓고 여자랑 식량만 약탈했다지? 할 거면 화끈하게 저지르지 뭘 하자는 꿍꿍이야?"

"모든 것은 그분의 뜻대로 이루어질 것이다."

"그분? 누구?"

"어둠의 세계를 하나로 통일하실 분이시지. 그분께서는 골렘 제조에 능통한 내 재능을 일찍이 알아보시고 날 거두어주셨다."

"널 거두고서 명령한 게 스톤 골렘으로 먹을 거랑 여자 훔쳐오라는 거였다 이 말이냐? 스케일 참 작다!"

"클클클. 나무만 보고 숲을 보지 못하는구나."

"뭐?"

"우리가 잡아들인 여자들은 정인을 두고 부정을 저지른 것들이다."

바라모스가 마렉의 뒤를 가리켰다.

"네 뒤에 있는 그 여자들 중 반은 자칼에게 빚을 졌다가 제대로 돈을 갚지 않아 감금된 게 맞지만, 나머지 반은 납치해

온 여자들이야. 하나 같이 못된 것들이지. 다른 남자를 품다니 말이야."

마렉이 돌아보자 뜨끔한 여인들은 고개를 푹 숙였다.

"그리고 약탈한 식량은 대부분 귀족이나 상인의 것이다. 물론 모든 귀족들의 식량을 약탈한 건 아니야. 부덕한 방법으로 재물을 모아 배를 불린 귀족들, 마찬가지로 그런 귀족들의 뒤를 봐주면서 같이 배를 불린 상인들의 식량을 약탈했지."

마렉이 고개를 모로 꺾었다.

"그래서? 지금 정당하다는 거냐?"

"부정을 저지른 여인들은 벌을 줄 것이고, 약탈한 재물은 가난한 이에게 나누어 줄 것인즉, 하늘을 우러러 부끄러울 것이 없다."

"웃기고 있네. 자칼이라는 집단은 이 도시에서 애초부터 못된 짓을 일삼아 왔다던데? 그런 나쁜 놈들이 어울리지 않게 웬 의적질이야? 설마 착한일 몇 번 했기로서니 그전에 저지른 죗값을 씻을 수 있을 거라고 생각하는 건 아니겠지!"

"얼마든지 씻을 수 있다. 삶이란 어떻게 살아왔느냐보다 어떻게 살아가느냐가 더 중요한 법. 자칼은 스스로의 잘못을 반성했고 이제 나와 함께 그분의 밑에서 새로운 하늘을 개척하기로 했다."

자칼이 고개를 끄덕였다.

"그래서 말했잖아. 네가 죽인 내 부하들. 새 하늘이 열리면 필요 없는 녀석들이라고. 난 이제 예전의 자칼이 아니야."

"미친놈들이 따로 없군."

완전히 자아도취에 빠진 놈들이었다.

이런 녀석들이 가장 위험하다.

시선이 자기 안에만 갇혀서 세상이 뭐라고 하든 스스로 정의라고 믿는 것을 행하기 때문이다.

필시 이 자리에서 죽여 없애야 한다.

"아무래도 우리의 뜻을 받아들이지 못하는 모양이군. 어쩔 수 없지. 그분께 네 목을 거두어가도록 할 수밖에."

"아까부터 그분 그분 하는데, 어떤 놈인지 면상이나 한번 보자!"

마렉이 호기롭게 외쳤다.

바라모스가 씩 웃으며 입술을 작게 놀렸다.

뭐라고 한 것 같긴 한데 워낙 목소리가 작아 잘 듣지 못했다.

한데 다음 순간, 어둠 속에서 누군가가 모습을 드러냈다.

그는 전신을 검은 옷으로 감싼 채, 얼굴엔 복면을 해 눈만 보였다.

바라모스와 자칼이 그에게 넙죽 고개를 숙이며 말했다.

"흑제님을 뵙습니다!"

"흑… 제?"

그 칭호를 어디서 많이 들어봤었다.

어디서 들어봤더라?

고민하던 마렉이 손가락을 딱! 튕겼다.

"일레인 제펠? 맞지? 대륙 십존 서열 4위!"

마렉이 그를 아는 체 하자 바라모스가 적잖이 당황했다.

그가 얼른 일레인에게 물었다.

"흐, 흑제이시여. 저 천둥벌거숭이 같은 놈을 아십니까?"

일레인이 고개를 저었다.

"모른다."

바라모스는 무서운 눈을 하고서 마렉을 호되게 혼냈다.

"이놈! 감히 이분이 어떤 분이신 줄 알고 거짓을 말하는 것
이냐!"

"어떤 분이긴? 싸움 걸어왔다가 크라임한테 깨진 놈이지.
어이, 이제 밤세계 1인자 타이틀은 크라임한테 넘어갔잖아?
근데 여기서 뭐해? 그날 심하게 충격을 받았나 봐? 이런 송사
리들 뒤나 봐주고. 가만, 그러고 보니 다 같이 마도국으로 돌
아간 거 아니었어? 왜 여기 있는 거야?"

마렉이 일레인에게 쉴 새 없이 말을 걸었다.

바라모스가 그런 마렉을 제지했다.

"시끄럽다! 괜한 언변으로 위기를 넘기려 하지 마라! 안면

도 없는 녀석이 어디 아는 척이냐! 넌 오늘 이 자리에서 싸늘한 주검이 될 것이다!"

"너한테 안 물었다. 한 번만 더 어르신 말하는데 끼어들면 혀를 뽑아버린다."

마렉이 맹수처럼 으르렁거렸다.

그 기세가 어찌나 날카로운지 바라모스는 완전히 위축되었다.

"일레인. 계속 모른 척할 거냐?"

"난 널 모른다."

"하, 나 참. 이건 또 무슨 경우인지 모르겠네. 어디 끝까지 모르는 척할 수 있나 보자!"

마렉이 손가락에 끼고 있던 반지를 세 번 두들겼다.

그것은 라미안이 만든 아티팩트로 아르디엔 주변의 주요 인물들은 다 하나씩 가지고 있었다.

누군가 위기의 순간 반지를 세 번 두들기면 다른 사람들에게 그가 있는 곳의 정확한 위치가 입력되어진다.

마렉은 동료들에게 자신이 있는 곳으로 와 달라 호출한 것이다.

일레인과 일대일로 맞붙을 자신이 없는 게 아니었다.

계속해서 자신을 모르는 척하는 그의 저의가 뭔지 궁금했기 때문이다.

동료들이 온다고 해도 결국 일레인과 붙어야 한다면, 일대 일로 싸울 생각이었다.

마렉이 반지를 두들긴 지 수초도 지나지 않아 마리엘과 크라임이 방에 모습을 드러냈다.

"와~ 이거 신기하네. 상대방이 어디 있는지 머릿속에 확실히 그려지니까 안 가본 장소인데도 공간이동이 가능해!"

마리엘이 신기해하며 반지를 이리저리 살폈다.

"네가 부른 건가?"

크라임이 마렉을 발견하고서 물었다.

"그래."

"여긴 어디지?"

"파티르 영지의 바루안이란 도시고, 더 정확히 설명하자면 자칼이라는 더러운 집단이 숨어살고 있는 지하 세계지."

"밤일하는 놈들인가 보군."

"그보다 저기 좀 보지?"

마렉이 손을 들어 일레인을 가리켰다.

그러자 크라임과 라미엘의 시선이 일제히 일레인에게 향했다.

"어? 저 인간 십존이잖아?"

"일레인? 여긴 무슨 일이지? 다른 십존들과 함께 떠난 게 아니었나?"

"뭐야? 지금 이건 어떤 상황인데?"

마리엘이 마렉에게 설명을 요구했다.

"저 도둑놈 새끼가 자칼, 스톤 골렘 만들어서 여자랑 식량을 약탈하는 저 마법 쓰는 도둑놈 새끼가 바라모스. 둘이 손잡고서 더 나쁜 짓을 벌이려고 하는데 그 뒤를 일레인이 봐주고 있대."

"정말? 엄청 못됐네. 왜 그러는 거래? 사람 그렇게 안 봤는데. 우리 자기한테 진 충격이 컸나?"

마리엘의 말에 크라임이 고개를 끄덕였다.

"그럴지도."

"너네도 생각도 그렇지?"

마렉이 두 사람의 의견에 동의했다.

바라모스가 놀라서 호들갑을 떨었다.

"이것들이 단체로 거짓을 늘어놓는구나! 흑제이시여! 저들을 진정 아십니까?"

"모른다."

일레인의 대답에 마리엘이 미간을 찌푸렸다.

"뭐? 모른다고? 우리를? 정신 나간 거 아냐?"

"일레인. 지금 뭐하자는 건지 모르겠군."

크라임도 어처구니가 없었다.

"흑제께서 너희들을 벌하실 것이다!"

마리엘이 가만히 서 있는 일레인과 바라모스를 번갈아 살폈다. 그러더니 눈을 가늘게 떴다.

"뭔가 좀 이상한데?"

"나도 그래. 저거 정말 일레인이 맞는 건가?"

말을 하며 크라임이 암기를 날렸다.

일레인은 그것을 아주 간단하게 잡아챘다.

"실력을 보니 맞는 것 같긴 한데……"

"잠깐만 있어봐."

마리엘이 갑자기 사라졌다.

그 사이 바라모스가 일레인에게 머리를 조아리며 간청했다.

"어서 저 간악한 무리들을 죽여주십시오!"

"그러지."

여태껏 가만히 있던 일레인이 비로소 움직였다.

마렉이 크림슨에 오러를 실고 앞으로 나섰다.

"내가 상대한다!"

"형편없이 두들겨 맞을 텐데?"

크라임의 걱정에 마렉이 버럭 성질을 냈다.

"웃기는 소리! 너한테도 지는 거 보니 별 거 아니더만! 덤벼!"

"잘 해봐."

크라임은 마렉의 소원대로 빠져 주었다.

순간 일레인의 신형이 사라졌다.

마렉이 그가 숨은 곳을 찾기 위해 사위를 분주히 살폈다.

하지만 어디에 몸을 감춘 것인지 도무지 알 수 없었다.

작은 기척조차 느껴지지 않았다.

흑제라고 하더니 명불허전이었다.

마렉이 촉각을 곤두세우고 있던 와중.

쒜애액!

좌방에서 단검이 날아왔다.

마렉이 크림슨을 휘둘러 그것을 막았다.

한데.

푹!

"큭!"

오른쪽 허벅지에 단검이 꽂혔다.

좌방에서 단검이 날아오고 연이어 우방에서 단검 하나가 더 날아든 것이다.

그 시간차가 너무 적어서 마렉은 차마 막지 못했다.

"쥐새끼처럼 숨어서 암기만 날릴 테냐!"

고함을 버럭 지르는 마렉의 가슴에서 갑자기 뜨거운 것이 치밀어 올랐다.

"응? 욱! 쿨럭!"

마렉이 입으로 검은 피를 토해냈다.

이윽고 그의 코에서도 피가 주르륵 흘러내렸다.

"이거… 뭐야?"

독이다.

마렉의 허벅지에 꽂힌 단검에 독이 묻어 있었던 것이다.

"으……."

마렉의 몸이 힘없이 허물어졌다.

"마렉!"

크라임이 달려와 그런 마렉의 몸을 받았다.

"멍청한 녀석! 그렇게 호언장담하더니."

크라임은 마렉의 증상을 보고서 독의 종류가 무엇인지 파악한지 해독제를 먹였다.

하지만 크라임은 그것을 계속 피와 함께 게워냈다.

"먹어야 산다."

"뭔가… 이상해."

"뭐?"

"너무 쉬워… 내가 이렇게 형편없이 당한다는 게 말이 돼?"

사실 크라임도 비슷한 생각을 하고 있었다.

마렉이 말도 못할 정도로 쉽게 당해 버렸다.

아무리 일레인이 대단하다지만 마렉 역시 십존들과 어깨

를 나란히 할 만큼 강한 사내였다.

"하하하하하! 까불더니 꼴 좋구나!"

바라모스가 두 사람을 크게 비웃었다.

"마렉!"

밀레나가 마렉에게 다가와 그의 얼굴을 가슴에 끌어안았다.

"밀레나… 어서… 도망가…….."

밀레나는 펑펑 울며 고개를 저었다.

"싫어요. 그러지 않을 거예요."

"어서…….."

"싫다구요!"

그때였다.

사라졌던 마리엘이 라미안과 함께 다시 나타났다.

그녀는 돌아가는 상황을 보더니 화들짝 놀랐다.

"마, 마렉! 입에서 피가!"

라미안은 마리엘에게 지금의 상황이 어찌 돌아가는지 모두 듣고 온 터였다.

그녀는 주변을 둘러보다가 고개를 갸웃거렸다.

"피라니요?"

"안보여요? 마렉이 피를 흘리고 있잖아요!"

"그런가요?"

라미안은 너무나 태연자약했다.

그녀의 시선이 바라모스에게 향했다.

"마법사이시네요. 5서클이고?"

라미안을 마주하는 순간 바라모스의 얼굴은 사색이 되었다.

"마, 마법사인가?"

"굳이 대답하지 않아도 충분히 제 마나의 기운을 느끼실 텐데요. 그렇죠?"

라미안은 이런 상황 속에서도 한 치의 흔들림 없이 행동했다.

마리엘은 그런 그녀가 얄미웠다.

"사람이 다 죽어가는데 뭐가 그렇게 태평해! 어서 회복마법이라도 시전하란 말야!"

"그럴 필요 없을 것 같아요."

"뭐라고?"

라미안은 마리엘에게 두었던 시선을 다시 바라모스에게 돌렸다.

"저한테도 해보세요."

"뭐, 뭣이?"

"지금 제 동료분들께 한 장난, 저한테도 해보시라구요."

"장난… 이라니?"

크라임이 혹시나 하는 음성으로 물었다.

라미안이 그에게 미소 지으며 고개를 끄덕여 주었다.

"말 그대로 여러분은 저자의 못된 장난에 홀리신 것뿐이에
요. 마렉은 아무렇지 않아요. 그리고 흑제는 이곳에 없어요."

Chapter 10
마렉의 순정

아르디엔 전기

마렉은 일레인의 독에 당해 피를 토하며 쓰러졌다.

크라임은 그런 마렉을 품에 안고서 혼란에 빠졌다.

마리엘은 마렉이 죽어버리는 건 아닌지 걱정되었다.

그런 상황에서 라미안은 모든 것이 못된 장난이라고 말했다.

"제대로 설명해 봐!"

마리엘이 고함을 질렀다.

라미안은 두려움에 떠는 바라모스를 바라보며 시전어를 흘렸다.

"안티 매직."

안티 매직.

상대 마법사의 마법을 무효화시키는 마법이다.

하지만 이 마법을 시전하려면 상대 마법사가 자신보다 낮은 서클이어야 한다.

바라모스는 5서클이다.

라미안은 7서클의 마법사다.

바라모스와는 하늘과 땅 차이의 수준이었다.

그녀가 안티 매직을 시전하는 순간 마렉을 괴롭히던 고통이 거짓말처럼 사라졌다.

그리고 폭포처럼 입에서 솟구치던 피도 지워졌다.

"……?"

"뭐야?"

"마, 마렉?"

마렉을 걱정하던 이들이 귀신에라도 홀린 듯한 표정을 지었다.

그들이 일제히 라미안을 바라봤다.

그녀가 방긋 웃으며 말했다.

"여러분들은 일루전 마법에 현혹당하셨던 거예요."

"일루전? 환상 마법을 말하는 건가?"

크라임이 물었다.

"네. 일레인도 처음부터 없었죠."

마렉은 자신의 입을 닦고 허벅지를 만져 보았다.

아무런 상처도 없었고 피도 묻어나지 않았다.

그제야 벌떡 일어난 마렉이 가슴을 탕탕 두들겼다.

"그럼 그렇지! 내가 그따위 놈에게 쉽게 당할 리 없잖아! 뭔가 이상하다 했어! 너 이 새끼이이이!"

마렉이 크림슨을 꼬나들고서 바라모스를 노려봤다.

"바라보스님… 이, 이게 어떻게 된 겁니까?"

자칼이 식은땀을 비질비질 흘렸다.

"……."

바라모스는 마른침만 삼킬 뿐 다른 말이 없었다.

자칼은 답답해 미칠 지경이었다.

"바라모스님! 흑제께서 우리를 도와준다고 하지 않았습니까! 그분께서는 새로운 하늘을 여실 것이라고 하지 않았습니까! 더러운 생활을 청산하고 사람답게 살아보자고 했잖아! 흑제가 있으면 가능하다고 했잖아! 다 거짓말이었냐고!"

자칼의 눈에 핏발이 섰다.

바라모스가 그에게 황금 지팡이를 휘둘렀다.

"시끄럽다, 이놈! 번 플레어!"

바라모스는 자칼에게 5서클 화염마법을 시전했다.

그러자 고온의 화염이 자칼의 몸을 휘감았다.

화르르르륵!

"끄아아아아아악!"

고통에 찬 자칼의 음성이 방 안을 쩌렁거리며 울렸다.

퍼어어엉!

화염은 곧 폭발을 일으켰다.

자칼의 사지가 까맣게 타서 수십 조각으로 나뉘었다.

"진짜 저질이네, 저 인간. 자기 동료까지 죽이다니."

마리엘이 바라모스에게 차가운 시선을 던졌다.

"이놈들! 내가 이렇게 끝날 것이라 생각하느냐! 깨어나라, 기간트!"

바라모스가 양팔을 높이 들어 올리며 크게 외쳤다.

그러자 주변의 공간이 우르르 무너져 내리기 시작했다.

"뭐야?"

"꺄악! 무너지고 있어!"

인질로 잡혔던 여자들이 놀라서 비명을 질렀다.

"하하하하하하! 다 생매장 되어버리거라!"

지금 마렉 일행이 있는 지하는 상당히 깊었다.

그런데 지반이 무너지는 속도가 빨랐다.

바라모스의 주변으로는 무너져 내리는 돌들이 몰려들어 다닥다닥 달라 붙고 있었다.

"나를 지켜다오, 기간트여!"

곧 돌덩이들이 바라모스의 전신을 완벽하게 감쌌다.

자세히 보니 그 돌덩이들은 거대한 주먹의 형상을 하고 있었다.

곧 그 돌주먹은 천장을 뚫고 올라갔다.

콰르르르릉!

그러면서 지하의 붕괴가 더욱 심해졌다.

"젠장!"

마렉이 소리쳤다.

이런 상태에선 여인들이 무사할 수가 없었다.

"다들 날 붙잡아!"

마리엘의 외침에 사람들이 일제히 그녀의 주변을 몰려들었다.

마리엘은 단 한 명도 빠짐없이 자신의 몸에 닿아 있는 것을 확인하고서 공간이동의 힘을 발휘했다.

그러자 마렉 일행과 여인들의 모습이 일제히 사라졌다.

콰르르르르릉!

그들이 있던 자리에 거대한 바위들이 내려앉았다.

*　　　*　　　*

마리엘은 일행들을 하멜 후작가의 홀로 공간이동시켰다.

순간적으로 떠오른 장소가 거기밖에 없었기 때문이다.

홀에서 하녀들이 청소하는 것을 지켜보던 집사 하틀란이 마렉 일행에게 말했다.

"방금 테이블을 청소했는데 바로 그 위에서 나타나 주셨군요. 이로써 하녀들이 다시 한 번 테이블을 청소해야겠습니다. 아주 대단한 일들 하셨습니다."

하틀란의 독설에 마렉 일행이 얼른 테이블에서 내려왔다.

"너무 급하게 이동하다가 그만… 이해해요. 그런데 아르디엔은 어디 있어요?"

"후작님께서는 칠 분 전에 다급히 저택을 나가셨습니다."

하틀란의 대답에 마렉 일행이 서로 시선을 교환했다.

"아무래도 내가 있던 곳으로 달려간 것 같지?"

마렉의 물음에 다른 이들이 고개를 끄덕였다.

"그보다 우리도 다시 그 곳으로 가봐야 하지 않을까? 그 마법사가 기간트라는 골렘을 깨우는 것 같던데."

"그래야지. 마리엘! 아까 거기로 다시 가자!"

마렉이 말하며 마리엘의 어깨에 손을 올렸다.

마리엘이 그런 마렉의 손을 탁 쳐내며 신경질적으로 말했다.

"아까 거기? 어디? 땅 속으로? 생매장 돼서 죽고 싶어?"

"누가 땅 속으로 가재? 땅 위로 가자고!"

"그 동네 땅 위로는 가본 적이 없어서 못가. 내가 가본 곳으로만 이동할 수 있다고."

"뭐? 그럼 어떻게 해!"

"아 왜 나한테 성질이야! 죽을래?"

그때 라미안이 끼어들었다.

"아까 그곳이 어디쯤이었죠?"

"바루안이었어."

"그럼 제가 텔레포트 마법으로 이동시켜 드릴 수 있어요. 바루안시는 저도 가봤으니까요."

"좋아! 거기로 가자!"

"나도 가지."

크라임이 말했다.

그러자 라미안이 고개를 저었다.

"제 텔레포트 마법은 단 한 사람만 이동시킬 수 있어요. 한 번 시전하고 난 다음에는 다시 시전하기까지 시간도 제법 걸리구요. 마렉님이 가시는 게 맞을 것 같아요."

"그래. 내가 가지!"

마렉이 호기롭게 외쳤다.

그런 마렉의 손을 밀레나가 살며시 잡았다.

마렉이 그녀를 바라보았다.

"마렉… 부디 조심하세요."

마렉이 씨익 웃었다.

"걱정 마. 괜히 용병왕이 아니야, 내가! 그보다 돌아오면 이야기해 줘. 네가 말한 그 사정이라는 거."

밀레나가 천천히 고개를 끄덕였다.

"그럴게요."

"라미안. 준비됐어."

"그럼 시작할게요."

라미안이 눈을 감고 정신을 집중했다.

텔레포트는 많은 마나를 고갈시키며, 고도의 집중력을 요하는 마법이다.

뜨거운 차 한잔을 마실 시간이 지나고 나서야 라미안은 시전어를 외쳤다.

"텔레포트."

그러자 마렉의 몸이 빛에 휩싸였고, 곧 사라졌다.

밀레나를 비롯한 감옥에 있던 여인들은 이 놀라운 광경에 혀를 내둘렀다.

특히 밀레나에겐 마렉을 만난 이후부터 계속 놀랄 일만 벌어지고 있었다.

*　　　*　　　*

마렉은 무사히 바루안으로 텔레포트 되었다.

그는 바루안의 중앙 광장에 서 있었다.

땡땡땡땡땡!

광장에 높이 서 있는 종탑이 시끄럽게 울려댔다.

이른 새벽부터 일을 하러 밖에 나왔던 사람들이 다시 집으로 들어가고 있었다.

"거대한 스톤 골렘이 나타났다!"

"도망쳐! 이 도시에 있다간 다 죽어! 집으로 들어가지 말고 떠나란 말이야!"

사람들의 고함이 사방에서 터졌다.

마렉은 자칼의 본거지가 있던 외곽을 향해 달렸다.

그러는 와중 여관에서 튀어나온 그의 용병단원과 합류하게 되었다.

"대장! 또 밤새 술 퍼마시다가 전쟁하러 가는 거야?"

"하여튼 대단하다, 대단해!"

용병들이 마렉을 질책했다.

그러거나 말거나 마렉에겐 지금 들리지 않았다.

저 멀리 도시 외곽에서 8층 건물급의 덩치를 자랑하는 스톤 골렘이 주변 건물들을 때려 부수는 게 보였기 때문이다.

"와, 저건 뭐야?"

"일전에 붙었던 것들과는 차원이 다르잖아!"

"무리야, 무리! 저런 놈이랑 싸우다간 다 죽을 걸?"

"대장! 저놈은 아무래도 대장 몫인 것 같은데?"

말은 그렇게 하고 있었지만 사실 용병들은 마렉에게만 싸움을 맡길 생각이 아니었다.

위험에 처할수록 더 똘똘 뭉치는 게 바로 하멜 용병단이었다.

마렉도 이를 잘 알고 있었다.

"시끄러워! 나 혼자 싸울 테니까 아무도 나서지 마!"

"되겠어?"

"돼!"

마렉이 속도를 높였다.

그가 다른 용병들보다 월등히 빠른 속도로 앞서 나갔다.

거대 스톤 골렘, 기간트와의 거리가 삽시간에 가까워졌다.

"이노오오오오옴!"

크림슨을 뽑아든 마렉이 오러를 실어 크게 휘둘렀다.

서걱!

기간트의 발목이 잘려 나갔다.

하지만 잘린 부위는 금세 아물었다.

크기도 크기지만 회복력도 이전의 스톤 골렘과 비교되지 않았다.

"하하하하하하! 왔구나, 용병왕!"

기간트의 왼쪽 심장 부근에서 바라무스의 목소리가 들려
왔다.

자세히 보니 바라무스의 얼굴이 기간트의 가슴을 비집고
살짝 튀어 나와 있었다.

"오냐! 아주 가루를 내주러 왔다!"

"가루가 되는 건 네놈이겠지!"

바라무스의 얼굴이 가슴 속으로 쑥 들어갔다.

그의 얼굴이 있던 자리는 단단한 돌멩이로 채워졌다.

기간트의 눈이 붉은 빛을 발함과 동시에 주먹이 매서운 속
도로 날아들었다.

"홍!"

정수리를 노리고 해머처럼 내리쳐지는 기간트의 주먹을
마렉은 옆으로 빠르게 움직여 피했다.

쿠콰아아앙!

집채만 한 주먹이 바닥에 틀어박혔다.

땅에 금이 가고 대지가 흔들렸다.

주먹이 박힌 곳은 운석이 떨어지기라도 한 것마냥 푹 꺼졌
다.

힘도 스피드도 전에 상대했던 스톤 골렘과는 상대가 되지
않았다.

마렉이 힘껏 뛰어올라 기간트의 무릎을 박차고 다시 도약

했다. 그리고 녀석의 왼쪽 어깨를 크게 잘랐다.

서걱!

기간트의 팔이 그대로 땅에 떨어져 내릴 것이라 생각했다.

그런데 잘린 부위는 바로 재생됐다.

"뭐야?'

당장 기간트의 반격이 이어졌다.

녀석은 주먹을 전광석화처럼 놀리며 마렉을 공격했다.

마렉은 그것을 검으로 막거나 피하면서 대처법을 고민했다.

'성가시네! 잘라도 바로 회복해 버리니 바위 속에 들어 있는 붉은 보석을 깨뜨리지 않는 한 싸움이 힘들어질 텐데.'

하지만 보석을 깨뜨리기가 쉬운 일이 아니었다.

척 봐도 기간트는 수백 개의 바윗덩이로 만들어진 괴물이었다.

그 바위들 속에 존재하는 보석을 일일이 깨뜨리기란 어려운 일이다.

계속 방어에만 치중하며 어떻게 싸워야 할까 고민하던 와중, 갑자기 바람 한줄기가 불었다.

그리고 어마어마한 위압감이 사위를 짓눌렀다.

마렉은 이 기운의 주인이 누구인지 잘 알고 있었다.

마렉에게 이토록 압박감을 줄 수 있는 존재는 세상에 단 한 명밖에 없었다.

"후작 나으리?"

마치 마법이라도 사용한 듯 갑자기 마렉의 앞에 나타난 아르디엔이 그를 보며 미소 지었다.

"멀쩡하군."

"그럼 시체라도 되어 있을 줄 알았수?"

그리 말하며 마렉은 머리를 긁적였다.

자신이 위험 신호를 보내자마자 달려와 준 아르디엔이 고마웠다.

'가만… 그런데 파보츠에서 여기까지 거리가……'

말을 타고 달려도 보름은 족히 걸린다.

아르디엔은 일전에 이곳을 말없이 두 발로 달려서 사흘 만에 주파했었다.

그런데 지금은… 불과 십오 분도 안 되는 시간에 도착한 것이다.

'이게 말이 돼?'

놀란 마렉의 눈이 크게 떠졌다.

"후작 나으리! 마법이라도 사용하셨수?"

"아니."

"그럼 여기까지 달려왔단 말이우?"

"그래."

"어떻게 그렇습니까?"

"데미갓의 경지에 들어서면 가능하다."

아르디엔은 마렉에게 위험신호를 받자마자 당장 데미갓으로 변했다. 그리고 저택을 나선 것이다.

반신이 된 그는 말을 타고 보름이 걸리는 거리를 단 십오 분 만에 주파해 버렸다.

"저 괴물 때문에 신호를 보낸 건가?"

"아니… 그건 아닌데… 아무튼 설명하려면 복잡하우."

"아무튼 지금은 너 녀석을 쓰러뜨려야 하는 것이겠지."

"그렇긴 한데, 상대하기가 여간 까다로운 게 아니우. 저놈이 돌덩이 수백 개로 만들어진 골렘인데 돌덩이 하나하나마다 보석 같은 게 있어서……."

마렉이 거기까지 말하는 순간 아르디엔이 사라졌다.

"…거 사람이 말을 하는데."

사라진 아르디엔은 높은 허공에서 다시 모습을 드러냈다.

딱 기간트의 흉부가 있는 곳이었다.

아르디엔은 주먹을 쥐고 팔을 힘껏 당겼다.

그의 주먹에 가히 말로 형언 못할 기이한 기운이 가득 담겼다.

기간트가 그런 아르디엔을 쳐내려 했다.

그러나 아르디엔이 한 박자 더 빨랐다.

텅!

앞으로 쏘아진 주먹이 기간트의 흉부를 때렸다.

순간 기간트의 움직임이 멎었다.

그리고.

쩍! 쩌저저저적! 쩌적! 콰지지직! 콰직!

타격점을 시작으로 전신에 금이 가기 시작했다.

잔금은 거대한 균열로 바뀌었고 급기야.

콰르르르르르! 콰르르릉!

격한 소리를 내며 기간트의 몸은 산산조각이 나 무너져 내렸다.

단단했던 기간트는 모래알이 되어 있었다.

그리고 바윗덩이 속에 있던 수백 개의 붉은 보석도 전부 부서졌다.

기간트는 재생하지 못했다.

"쿨럭! 쿨럭!"

모래먼지를 뒤집어쓴 바라무스가 기침을 내뱉으며 일어섰다.

아르디엔이 마렉을 슥 바라봤다.

마렉은 눈앞에서 펼쳐진 믿을 수 없는 광경에 넋을 놓고 있었다.

단 일격으로 저 성가신 기간트를 처리하다니.

데미갓이라는 경지가 얼마나 무서운 것인지 다시 한 번 체감하게 되었다.

"마렉."

아르디엔이 그를 부르자 그제야 정신을 차렸다.

"부, 불렀수?"

"저놈은 어찌할까."

마렉이 씨익 웃었다.

"두말할 것 없잖수."

마렉의 신형이 앞으로 쏘아졌다.

바람처럼 아르디엔을 지나친 그가 바라무스의 지척까지 다가가 크림슨을 휘둘렀다.

서걱!

"……!"

바라무스의 목이 잘렸다.

땅에 떨어진 머리를 마렉은 발로 짓밟아 터뜨렸다.

머리를 잃은 육신은 경련을 일으키며 널브러졌다.

"끝."

마렉이 크림슨을 검집에 넣었다.

바루안에서 벌어졌던 스톤 골렘 사건은 그렇게 마무리 되었다.

＊　　　＊　　　＊

삼주 후.

마렉은 밀레나와 함께 다시 바루안을 찾았다.

바루안은 전과 다름없이 평화로웠다.

아니, 전보다 더 평화로워 보였다.

자칼 조직이 사라졌기 때문이다.

마렉은 밀레나와 길거리 벤치에 나란히 앉았다.

"그때의 일이 다 꿈만 같아요."

밀레나가 말했다.

"생각하기도 싫다. 그 미친놈들."

"호호. 맞아요. 미친놈들이었어요."

"나 참, 그런 속임수가 평생 먹힐 거라고 생각했었나?"

"일루전인가 하던 그 마법 말하는 거예요?"

"그래."

"그때 저도 그 마법에 같이 당해서 봤어요. 흑제라는 분의 환상을요. 십존 중 한 분이라고 했었죠, 아마?"

"별 걸 다 기억하고 있네. 잊어. 세상 사는데 하나도 도움 안 돼. 그건 그렇고 이제 좀 말해주지? 네 사정."

밀레나는 여태껏 마렉에게 감추고 있는 그녀의 사정에 대해 말해주지 않았다.

그 이야기는 바루안에 가서 하고 싶다는 게 그 이유였다.

그래서 오늘 두 사람은 바루안을 찾았다.

파보츠에서 마차를 타고 오니 보름이 조금 넘게 걸렸다.

그전 오 일간은 하멜 후작가에 머물면서 지친 심신을 회복했다.

밀레나와 함께 구출된 다른 여인들도 충분히 쉰 다음 마렉과 함께 마차를 타고 오늘 바루안에 도착했다.

그 여인들은 각자의 집으로 돌아갔다.

그래서 마렉은 밀레나와 둘이 있게 되었다.

"제가 왜 그렇게 술집에서 일을 열심히 하려 했는지… 말해줄게요. 엄마 때문이었어요."

"엄마?"

"네. 엄마가 몹쓸 병에 걸려서 약값을 구하느라 그랬어요. 그 약이 엄청 비싸거든요. 그런데 평소처럼 일해서는 엄마가 자칼 놈들한테 빌린 돈 이자를 갚는 것도 힘들었어요."

"엄마는 왜 그놈들한테 돈을 빌린 거야?"

"자칼이 그렇게 무서운 조직인 줄 몰랐대요. 엄마는 혼자서 절 키우셨는데 어느 날 제가 많이 아팠어요. 하루 벌어 하루 먹고 사는 게 우리 집이었어요. 그런데 엄마는 절 간호하느라 한 달이 넘도록 일을 못나갔죠. 돈은 그때 빌린 거예요. 저한테 먹일 약값이 없어서."

"그깟 약값 얼마나 한다고 그때 빌린 돈을 지금까지 네가 갚고 있었던 거야?"

"제가 걸렸던 병… 나중에 엄마가 걸린 병이랑 똑같았어요. 희귀한 병인지라 치료약이 비싸거든요. 저는 엄마가 빚을 져서 약을 구해오는 덕에 무리 없이 나을 수 있었지만 엄마는 그러지 못했어요."

"그래서 여태껏 약을 못 지어줬다는 거야?"

"네. 그렇게 열심히 일해도 겨우 엄마가 빌렸던 돈의 이자 갚기에도 벅찼으니까요."

"그놈들 수법이 원래 그래. 한 번 돈을 빌리면 감당이 안 될 정도로 이자를 붙여서 불려 버리지."

"네. 우리 엄마도 그렇게 당했어요. 이제… 자칼 놈들도 없으니까 엄마 약을 사드리고 싶은데 가진 게 아무것도 없네요."

"…얼마야."

"네?"

"자칼 조직에서 빌렸던 돈이 얼마냐고."

"그건 왜……."

마렉이 품에서 주머니 하나를 내밀었다.

밀레나가 받아서 열어보니 안에 엄지손톱만 한 블루 사파이어가 담겨 있었다.

"마, 마렉… 이거… 보석이잖아요."

"말했었잖아. 네 빚 대신 갚아주겠다고."

"하지만 이제 갚을 빚 따위……."

"난 내가 빚 갚아주겠다고 말했던 날, 무정하게 뿌리치고 나갔던 밀레나에게 그 보석을 주는 거야. 지금의 밀레나가 아니라고."

"마렉……."

"그거 팔아서 얼른 약부터 사."

"……."

밀레나의 눈에 눈물이 고였다.

그녀가 주머니를 품에 꼭 끌어안고서 마렉의 어깨에 기댔다.

"고마워요… 정말 고마워요……."

*　　　*　　　*

화창한 아침.

마렉은 밀레나와 같은 침대에서 눈을 떴다.

밀레나의 집은 오래전 자칼 일당에게 빼앗겼다.

해서 그녀는 술집이나 자칼의 본거지에서 잠을 해결하곤 했었다.

그래서 마렉과 밀레나는 바루안의 여관에 방을 잡고 하룻밤을 보냈다.

둘은 몸을 씻고 홀로 내려와 간단히 아침을 먹었다.

이후 밖으로 나와 블루 사파이어를 돈으로 바꿨다.

밀레나는 제법 큰돈을 쥘 수 있었다.

그녀가 자칼 일당에게 갚아야 하는 것보다 훨씬 큰 액수였다.

마렉은 그것을 전부 밀레나에게 가지라고 했다.

밀레나의 얼굴에 미안한 미소가 번졌다.

"아, 그런데 집도 없으면서 엄마는 어디에 모셔놓고 있는 거야? 병든 몸이라 아무데서나 지내기 힘들 텐데."

"엄마는 따듯한 곳에 있어요."

"얼른 약 사서 가자고."

"네."

＊　　　　＊　　　　＊

밀레나의 품엔 큼직한 약 봉투가 들려 있었다.

그리고 그녀는 마렉과 함께 바루안 인근의 숲 속에 서 있었다.

두 사람 앞에는 작은 무덤 하나가 있었다.

밀레나는 그 무덤을 보며 말했다.

"나 왔어, 엄마. 너무 늦었지?"

물기어린 음성을 흘린 밀레나가 약봉투를 무덤 위에 놓았다.

"저세상에서는 아프지 마. 그리고… 늦어서 미안해. 정말… 정말 미안해, 엄마."

밀레나가 무덤 위에 허물어졌다.

그녀는 가느다란 두 팔로 무덤을 움켜쥐고 어린아이처럼 울었다.

마렉은 아무 말도 못한 채 그녀를 그저 지켜보았다.

*　　　　*　　　　*

파보츠로 돌아오는 마차 안.

마렉과 밀레나는 나란히 앉아 있었다.

두 사람의 손은 보기 좋게 포개져서 따스함을 주고받았다.

마렉의 어깨에 머리를 기댄 밀레나가 나른하게 말했다.

"나… 바보 같았죠?"

"아니."

"거짓말."

"…예뻤어."

"정말요?"

"그래."

"그 입에서 예쁘다는 말도 나오네요?"

"예쁜 걸 예쁘다 그러지 그럼 뭐라 그래!"

마렉이 부끄러운지 역정을 냈다.

밀레나는 키득거리며 웃었다.

"마렉은 정말 솔직한 사람 같아요."

"진짜 남자니까."

"그럼 이번에도 솔직하게 대답해 줘요."

"뭘?"

"정말… 나 같은 여자를 데리고 살아도 괜찮겠어요?"

마렉이 밀레나의 정수리를 콩 쥐어박았다.

"아야! 아파요."

"맞을 짓을 했으니까."

"제가요?"

"…너 같은 여자를 데리고 사는 게 아니야. 너 정도 되는 여자가 나와 살아주는 거지."

행복했다.

진심으로 행복했다.

먼저 세상을 떠나버린 엄마에게 미안할 정도로.

하지만……

'이제는 나, 행복해도 되는 거지, 엄마?'

밀레나의 얼굴에 미소가 어렸다.

뺨을 타고 행복에 겨운 눈물이 흘러내렸다.

마렉은 시선을 창밖에 두었다.

그리고 투박한 손으로 밀레나의 눈물을 닦아주었다.

그렇게 용병왕 마렉은 태어나서 처음으로 여자에게 순정을 바치게 되었다.

Chapter 11
떠나는 자들

아르디엔 전기

마도국엔 십존들 뿐만 아니라 오리진들도 몸을 의탁하고 있었다.

오리진 다섯 명은 뮤테아의 방에 모였다.

그들은 일주일에 한 번씩 이렇게 모여 회의를 가지곤 했다.

"오늘도 별로 할 얘기 없으면 빨리 해산하지?"

마샨이 늘어져라 하품을 하며 말했다.

"중요한 안건이 있어."

뮤테아의 분위기가 다른 날과 달리 진중했다.

그에 마샨은 더 까불지 못하고 입을 다물었다.

뮤테아는 한 자리에 모인 오리진들을 죽 훑어본 뒤, 그들의 이름을 한 명씩 불렀다.

"하우랑, 로잔, 마샨, 도이라, 떠나야 할 때가 온 것 같아."

"떠나다니요?"

오리진들 중 가장 침착한 도이라가 물었다.

뮤테아의 시선이 그녀에게 향했다.

"루틴은 전쟁을 일으키려 하고 있어."

"전쟁이라면… 혹시 그라함 왕국과?"

하우랑의 말에 뮤테아가 고개를 끄덕였다.

"다들 하멜 후작을 봤으니 그가 어떠한 사람인지 알고 있을 거야. 그는 강해. 그리고 계속 강해지고 있어. 루틴은 그를 경계하지. 아스크가 그에게 패했고, 우리의 계획도 그 때문에 어그러질 뻔했어. 불화의 싹은 애초에 잘라놓는 것이 좋으니 이번에 십존을 보내 하멜 후작을 없애려 했어. 하지만 실패했지. 그 말은 하멜 후작은 이미 십존보다 위에 있다는 얘기야. 당연히 눈엣가시가 될 수밖에 없지. 그대로 두면 나중에 더 처치하기 곤란해질 건 불 보듯 뻔해. 그래서 전쟁을 일으켜 하멜 후작과 그라함 왕국을 완벽히 짓밟으려 하고 있어."

"필시 우리의 힘을 필요로 하겠군."

로잔의 말이었다.

"맞아. 그러나 우리가 루틴의 야욕을 위해 벌이는 전쟁 때문에 희생할 필요는 없어. 게다가 루틴은 전쟁을 벌일 시 반드시 승리할 것이라 믿고 있는 모양이지만, 글쎄. 내가 볼 때는 아니야. 이 전쟁은 어느 나라의 승리로 끝날지 아무도 몰라."

"우리도 가담했다가 마도국이 패하면 화를 면치 못하겠네."

"그래. 하멜 후작은 어떻게든 우리의 목을 치려 할 거야."

그 말에 하우랑이 몸을 부르르 떨었다.

누구보다 하멜 후작의 무서움을 톡톡히 겪었던 그였다.

마음 같아서는 두 번 다시 상종하기도 싫었다.

하지만 언젠가는 부딪혀야 한다.

그러나 그게 지금은 아니었다.

"그래서 언제 떠나자는 거야?"

마샨이 물었다.

뮤테아가 망설임 없이 대답했다.

"지금."

*　　　*　　　*

오리진들에게 마도국을 떠난다는 건 큰 결심이었다.

아모르시아는 오리진들을 봉인하며 자신보다 먼저 깨어나

힘이 되어줄 세력을 만들어두라 했다.

그게 마도국이 될 줄 알았다.

하지만 루틴의 야망은 너무나 컸다.

그는 스스로의 야망을 위해서는 무슨 짓이든 하는 사내였다.

그런 사내와 함께 가는 건 기름을 지고 불에 뛰어드는 것과 다를 바가 없었다.

결국 모두 떠나기로 한 그날 밤, 오리진들은 은밀하게 움직였다.

조용히 성을 나와 좁은 골목길을 돌아가다 수도 라타드만의 서문 입구까지 도달했다.

입구에는 그곳을 지키는 보초병 넷이 삼엄한 경계를 펼치고 있었다.

그러나 오리진들에겐 문제될 것이 없었다.

다섯의 오리진은 당당하게 다가갔다.

보초병들은 들고 있던 창대를 교차해 입구를 막고서 물었다.

"신원 확인하겠습니다."

마도국은 치안이 엉망인 나라다.

언제 어디서 무슨 사건이 터질지 모른다.

하지만 수도만큼은 다른 지역과 달리 치안이 잘 되어 있다.

때문에 수도에 들고나는 사람들의 신원과 목적을 보초병들은 늘 파악해 두었다.

뮤테아는 미소 지으며 말했다.

"비켜주시겠어요?"

순간 오리진의 힘이 발동되었다.

사람의 마음을 흔들어 홀려 버리는 기이한 힘.

그것은 보초병들을 현혹시켰다.

그들은 고개를 끄덕이며 창을 거두고 비켜섰다.

뮤테아 일행은 아무런 제재도 없이 수도 밖으로 나서게 되었다.

"쉽네."

마샨이 히죽 웃었다.

그런데 수도를 벗어난 지 얼마 못 가 그들은 발이 묶이고 말았다.

저 멀리서 무서운 기운을 풍기는 사내가 오리진들을 향해 다가오고 있었다.

그는 다름 아닌 아스크였다.

"어딜 그렇게 급하게들 가시나?"

아스크가 이죽이며 물었다.

뮤테아가 대표로 나섰다.

"우리에게도 사생활이라는 게 있잖아요? 잠시 다녀올 곳이 있어요."

"아, 그래? 어딜 가는데?"

"일일이 보고해야 할 의무는 없을 텐데요."

"나한테야 그렇겠지. 하지만 루틴한테는 보고해야 하지 않을까?"

"루틴님께는……."

"이미 보고 드렸다는 거짓말은 하지 마. 난 루틴의 명을 받아 여기 온 거니까."

"……."

결국 루틴은 이미 오리진들의 생각을 전부 읽고 있었다는 말이었다.

역시나 무서운 사내였다.

겉으로 티를 내지 않으면서 속으로는 모든 정세를 다 파악하고 있었다.

오리진들도 결국엔 루틴의 손바닥 위에 있었다.

"내가 이제 어떻게 할 것 같아?"

"무력으로라도 우릴 데려갈 건가요?"

"쉽지 않겠지. 너희들은 이상한 힘을 사용하니까."

오리진들의 가공할 신성력은 모든 물리적, 비물리적인 힘들을 전부 무효화시킨다.

그들에겐 어떠한 공격도 먹히질 않았다.

하지만 그걸 유일하게 깨버린 사람이 바로 아르디엔이었다.

"그럼 어떡할 건데요?"

뮤테아가 재차 물었다.

"루틴은 어떻게든 너희들을 데리고 돌아오라 말씀하셨지만… 사실 내가 그렇게 말 잘 듣는 아들은 아니라서 말이야."

의외의 대답이었다.

뮤테아는 아스크의 의중이 무엇인지 알 수가 없었다.

하지만 군이 알려 하지 않아도 아스크는 자기 입으로 스스로의 상황을 술술 불었다.

"너희들은 갈 길 가. 나도 오늘부로 마도국을 떠날 거거든."

과연 그 말이 진실일까?

선뜻 믿기 힘들었다.

"…왜죠?"

"출생의 비밀을 알아버렸거든."

"…대체 이게 무슨 말이야."

마샨이 한숨 쉬며 도리질을 했다.

아스크의 앞뒤 없는 얘기가 도통 이해되질 않았다.

"아무튼 그래서 마도국엔 더 미련 없다 이거야. 나도 내 인생을 찾아가야겠어. 그러니 너희들도 알아서 해."

아스크는 딱 거기끼지만 말하고서 손을 흔들며 뒤돌아섰다.

완벽한 루틴의 실수였다.

그는 주변 모든 인물들의 속내를 다 파악하고 있었지만, 자신의 아들이 어떤 마음을 품었는지는 모르고 있었다.

아스크는 금방 오리진들에게서 멀어졌다.

이에 뮤테아도 걸음을 서둘렀다.

"어서 떠나자."

"응."

그렇게 아스크와 오리진들은 마도국과 영원히 작별을 고하게 되었다.

*　　　　*　　　　*

아스크는 숲 속에 드러누웠다.

먹구름에 쌓인 밤하늘이 제법 운치 있게 다가왔다.

"시긴."

그가 부르자 어둠 속에서 시긴이 모습을 드러냈다.

"네, 아스크님."

"내일은 비가 올 것 같아."

"그럴 것 같습니다."

아스크의 시선이 시긴의 오른팔로 향했다.

어깨 밑으로는 아무것도 없었다.

아르디엔과의 싸움에서 아스크를 구하는 대신 그는 오른팔을 버렸다.

"비가 오면 오른쪽 어깨 쑤시지 않아?"

"아무렇지도 않습니다."

"그렇구나."

누가 보면 짓궂은 농담이라고 생각할 수도 있었다.

하지만 아스크의 입장에선 미안한 마음이 들어 던진 말이었다.

그걸 시긴은 잘 알았다.

"그렇게 마음 쓰지 않으셔도 됩니다, 아스크님."

"마음이 쓰여. 이제 나한테는 시긴 너밖에 없다고."

"그들이 분명 힘이 되어줄 겁니다."

"아렌… 아니, 이젠 아르디엔 하멜 후작인가? 그 녀석이 나와 손을 잡으라는 보장 같은 건 없어."

"제피아님도 하멜 후작의 비호 아래 계시지 않습니까."

"그건 그거고 이건 이거고. 난 나름대로 녀석과 쌓인 감정이 많으니까. 만나자마자 죽이겠다고 달려들지도 모르지."

"걱정이 많이 되시면 예정대로 제가 먼저 다녀온 다음 거사를 진행해도 됩니다. 어차피 그리 하기로 되어 있었던 일을 아스크님께서 따라나서신다 하여……."

"됐어. 이미 오리진들도 그냥 보내줘서 루틴한테 뭐라고 할 말이 없어. 어차피 죽기 아니면 까무러치기야. 아르디엔이 날 끝까지 적으로 생각한다면."

아스크가 비릿한 미소를 머금었다.

"나도 녀석을 반드시 죽일 거야."

＊　　　＊　　　＊

루틴은 아스크가 자신을 배신하고 오리진들도 떠났다는 걸 하루가 지난 다음에야 알게 되었다.

그는 당장 왕실기사단 어둠의 사자들을 소집시켰다.

어둠의 사자들은 리더인 시긴을 비롯 총 200명으로 이루어진 왕실의 정예 기사단이다.

한 명 한 명이 4서클 이상의 수준을 가진 흑마법사들이었다.

지금은 시긴이 빠졌으니 총 199명이 되었다.

루틴이 그들에게 명을 내렸다.

"마도국을 떠난 아스크를 잡아와라. 저항시에는 사살해도 좋다."

어둠의 사자들이 고개를 숙이고서 기민하게 어전을 빠져

나갔다.

루틴은 이미 오리진들을 쫓는 걸 포기했다.

그들은 신의 힘을 가진 종족이다.

신력은 어떠한 공격도 그들에게 먹히지 않게 만든다.

어둠의 사자들이 쫓아가 봤자 다시 데리고 올 방도가 없다.

애초부터 자신들이 마음을 두지 않는다면 곁에 두기가 힘든 이들이었다.

그래서 루틴은 아스크를 잡는 것에 주력하기로 했다.

"개가 주인을 버리고 도망을 가?"

루틴이 서늘한 미소를 지었다.

"충성심을 잃은 개는 아무짝에도 쓸모가 없지. 되레 주인을 물지도 모르니 그전에 죽여야겠지."

아스크의 마법은 7서클이고 시긴은 6서클이다.

어둠의 사자들 중 6서클에 오른 이는 두 명, 나머지는 5서클과 4서클이었다.

시긴 혼자라면 모르나 7서클인 아스크가 있는 이상 대적하기가 여간 힘든 일이 아닐 것이다.

6서클 7서클의 차이는 그만큼이나 어마어마했다.

그러나 루틴은 어둠의 사자들을 믿었다.

아니, 더 정확히는 어둠의 사자들 중 서열 2위인 보레아스를 믿었다.

그에게는 다른 흑마법사들에게는 없는 특별한 능력이 있다.

루틴이 어좌에서 몸을 일으켰다. 동시에 어전에 있던 모든 이들이 고개를 조아렸다.

그 만족스러운 광경에 흡족해하며 루틴은 어전을 떠났다.

*　　　*　　　*

게르갈드의 왕성 지하에는 루틴을 비롯해서 성의 고위관계자들 몇만 알고 있는 비밀 연구가 진행 중이다.

이 연구의 총책임을 맡은 이는 올해 여든일곱인 노(老) 마법사 로스턴이었다.

로스턴은 흑마법사들 사이에서는 위스덤 메이지라고도 불리울 만큼 지혜로운 이였다.

더불어 흑마법에 대한 여러 가지 이론에도 능통했으며, 젊은 시절에는 대단한 키메라 연구가이기도 했다.

그의 손을 통해 태어난 변종 몬스터들, 즉 키메라가 한둘이 아니었다.

사실 지금도 마왕성의 어딘가에서 그가 만든 키메라들이 사육되어지고 있다.

키메라들은 모두 전쟁에 투입될 중요한 전투 자원이다.

지금 로스턴이 하고 있는 비밀연구도 일종의 키메라를 만들어내는 것이었다.

보통 키메라라고 하면 몬스터와 몬스터를 섞어 새로운 종(種)을 만들어내는 것을 뜻한다.

한데 지금 키메라의 재료가 된 것은 몬스터가 아니었다.

바로 인간이었다.

로스턴과 함께 연구의 중책을 맡고 있는 이가 또 있었다.

사령술사 자메인이다.

사령술사는 정령술사이나 마법사, 오러를 사용하는 무투가, 프리스트들과는 또 다른 힘을 사용한다.

그들은 사자(死者)의 힘을 빌린다.

타인에게 악령을 빙의시켜 미치게 만들고, 죽은 시체를 깨우며, 악랄한 영혼에게 육신을 주어 되살아나도록 한다.

이것은 사령술사가 아니면 할 수 없는 일이다.

사령술사들은 선척적으로 타고난 재능이 있어야 될 수 있다.

혼령들을 보는 것을 넘어서서 의사소통이 가능해야 하는 건 기본 사항이다. 그 혼령들에 지지 않을 정도로 기가 세야 한다. 아울러 혼령들을 마음대로 부릴 수 있는 주술을 익힐 정도의 머리가 있어야 사령술사가 될 수 있는 것이다.

해서 이그드라엘 대륙에 가장 적은 직업이 뭐냐고 묻는다면 누구나 사령술사라고 대답한다.

자메인은 몇 안 되는 사령술사 중에서도 최고의 실력을 지닌 이였다.

그는 8년 전 루틴의 부탁으로 마도국에 와 로스턴과 함께 비밀연구에 동참하고 있었다.

자메인은 로스턴만큼이나 머리가 좋은 이였다.

그리고 똑똑한 이들이 대부분 그렇듯 자메인도 지식의 유희를 즐기고 싶어 했다.

그가 아는 사령술의 모든 이론들을 직접 실험해 보고 싶었던 것이다.

그러던 차에 루틴이 참으로 흥미로운 연구에 대해 얘기해 주었고 자메인은 바로 이 연구에 참여를 결정했다.

로스턴과 자메인이 손을 잡고 하는 연구의 비공식 명칭은 '버닝 소울(Burning Soul)' 이었다.

말 그대로 영혼을 태운다는 것이다.

지금 연구실에서 실험체가 된 흑마법사 서른 명은 수면 상태에 빠져 둥그런 일인용 유리관 안에 들어가 있었다.

그리고 유리관엔 녹색의 가스가 가득 찬 상태였다.

자메인이 로스턴에게 다가와 실험체 중 하나를 보며 물었다.

"이놈은 이제 끝난 것 같은데요."

자메인은 올해 예순일곱이다.

제법 많이 먹은 나이지만 여든의 중반을 넘긴 로스턴에 비하면 꼬마나 다름없었다.

그러니 노인의 입에서 깍듯하게 존댓말이 나올 수밖에.

자메인의 얘기에 로스턴이 고개를 끄덕였다.

"그렇군. 2번 실험체에게 주입한 영혼이……."

말을 다 마무리 짓지 못하고서 가만히 생각하던 로스턴이 머리를 긁적였다.

"뭐라 그랬었지?"

자메인이 빙그레 웃으며 대답했다.

"셰이드입니다."

"그래, 셰이드. 근데… 그놈이 뭐하는 놈이랬더라?"

"호호호. 로스턴님도 나이는 속일 수 없는 모양입니다. 그런 걸 다 기억 못하시고. 일 년 전까지만 해도 이렇진 않았는데요. 더 상태가 안 좋아지기 전에 연구가 마무리되어 다행이네요."

"이상한 소리 그만 하고 대답이나 하게."

"셰이드는 아주 지독한 악령이지요. 겉모습은 좀 웃깁니다만… 검은 망토가 날아다닌다고 생각하면 이해하기 쉬울 겁니다. 놈들은 마이너스 에너지가 가득 담긴 고함을 질러 인간의 정신을 파괴시킵니다."

"고약한 것들이군."

로스턴이 2번 실험체를 가둔 유리관 아래의 툭 튀어나온 버튼을 눌렀다.

그러자 녹색 연기가 사라지며 유리관이 위로 들어 올려졌다.

그제야 2번 실험체는 잠에서 깼다.

"정신이 드느냐."

로스턴의 물음에 2번 실험체는 몽롱한 얼굴로 고개를 끄덕였다.

"네 이름이 무엇이냐."

"헤드로……."

2번 실험체가 자신의 본명을 말했다.

"그래, 헤드로. 넌 이제 위대한 키메라 버닝 소울로 다시 태어났다."

"버닝… 소울……?"

"그래. 죽음에 직면했을 때 네 영혼이 불타오르며 또 다른 힘을 발휘하게 될 것이야."

"……네."

헤드로는 로스턴의 이야기가 제대로 들어오지 않았다.

정신이 맑지 못했다.

그런 헤드로의 머리를 자메인이 툭 쳤다.

"이제 가봐. 그리고 여기에서의 일은 절대 함구해야 한다. 밖으로 새어나갈 경우 네게 주었던 돈을 모두 회수하는 것은 물론, 네 목숨은 없다고 봐야 돼."

돈과 목숨이라는 말에 헤드로의 머릿속이 갑자기 맑아졌다.

그는 크게 고개를 끄덕였다.

"어서 나가."

헤드로가 연구실을 나갔다.

그의 뒷모습을 보던 로스턴이 입맛을 다셨다.

"자기가 얼마나 위대한 연구의 실험체였는지 영 느끼지를 못하는군."

"아둔한 것들의 특징이죠."

로스턴은 다른 실험체들에게 시선을 돌렸다.

인간 키메라 버닝 소울.

그들은 인간과 악령들을 융합한 존재다.

하지만 평소에는 보통의 인간과 다름없다.

속에 잠들어 있는 악령을 깨어나게 하는 방법은 딱 하나.

'죽음.'

숨이 끊어지는 순간 융합되었던 악령이 깨어난다.

본래 악령이란 사령술사가 없이는 누구의 명령도 듣지 않고서 제멋대로 행동하게 마련이다.

하지만 버닝 소울의 경우, 죽어서 몸은 악령이 되어도 인간이었을 때의 의식은 사라지지 않는다.

한마디로 루틴은 사령술사 없이도 악령군단을 움직일 수 있게 되는 것이다.

죽기 전엔 흑마법사였다가 죽고 난 이후엔 악령이 되어 또 다른 힘을 발휘하게 되는 이 버닝 소울들은 루틴의 마음에 꼭 들었다.

어둠의 사자들 서열 2위인 보레아스도 바로 이 버닝 소울이었다.

그리고 그가 바로 1호 실험체였다.

"연구는 잘 되고 있는가."

루틴이 비밀연구실로 들어서며 물었다.

자메인과 로스턴이 동시에 고개를 조아렸다.

"국왕 전하를 뵙습니다."

"전하를 뵙습니다."

"예의 차릴 것 없네. 방금 한 명이 위로 올라가던데?"

"2호 실험체입니다."

"그렇게 막 내보내도 되는 건가? 이 공간의 기억을 지운다든가… 어떠한 방책을 세워야 연구에 대한 비밀이 엄수되지 않겠나."

그러자 자메인과 로스턴이 씩 웃었다.

로스턴은 루틴에게 다 알고 있다는 투로 말했다.

"왜 이러십니까? 사실 새어 나가도 상관없는 소문 아닙니까?"

루틴도 입꼬리를 말아 올렸다.

"역시 자네들은 속일 수가 없구만."

애초부터 비밀연구라는 명명 하에 버닝 소울을 연구한 건, 그 연구에 대한 소문이 퍼져나가지 않기를 바라서가 아니었다.

무언가 대단한 것을 준비하고 있구나 라는 분위기를 조성하기 위해서였다.

루틴은 모든 면에서 자신이 위대해 보이기를 바랐다.

그러한 성정이 이런 연구 하나를 하는데도 영향을 끼치는 것이다.

루틴이 연구실을 천천히 둘러보았다.

그러자 그의 머릿속에 자연스레 보레아스의 얼굴이 떠올랐다.

그는 보레아스의 몸속에 주입한 영혼을 떠올리며 미소 지었다.

Chapter 12
부자의 재회

아르덴 전기

어둠의 사자들은 빠르게 아스크의 행적을 쫓았다.

추적을 시작한지 사흘이 지났을 때, 그들은 아스크를 따라 잡을 수 있었다.

해가 중천에 뜬 시각.

넓은 황야의 대로 위에서 아스크는 어둠의 사자들에게 둘러싸였다.

주변을 둘러본 아스크가 피식 웃었다.

"뭐하자는 거냐, 니들."

시긴 역시 노한 얼굴로 소리쳤다.

"감히 네놈들이 무슨 짓을 하는지 알고 있는 것이냐!"

그에 보레아스가 대표로 나서서 말했다.

"그전에 두 분께서 한 짓부터 생각하시지요."

"…껍대가리를 상실했구나, 보레아스."

"역심을 품은 당신만 할까요."

보레아스는 본래 시긴의 말이라면 죽는 시늉까지 하는 후배였다.

그런데 입장이 바뀌는 순간 행동도 180도 바뀌었다.

보레아스는 더 이상 시긴을 자신의 선배로 생각지 않았다.

루틴에게 역심을 품은 역도!

척결대상이었다.

"역적 시긴과 아스크는 조용히 따라와라!"

보레아스가 소리쳤다.

아스크는 목을 좌우로 꺾으며 코웃음 쳤다.

"야. 보레아스."

보레아스의 시선이 아스크에게 향했다.

"너 뒤질래?"

"아스크님께서 절 해할 수 있을 것 같습니까?"

"이게 진짜 미쳤네. 까불다가 더 아프게 뒤진다."

"해보시지요."

"크크큭! 너 재밌다?"

아스크의 몸에서 검은 마나가 일렁였다.

그에 어둠의 사자들이 일제히 공격 마법을 시전했다.

아스크와 시긴을 향해 온갖 마법들이 쏟아부어졌다.

어둠의 사자들은 자신이 시전할 수 있는 마법 중에서 가장 위력이 강한 마법들을 구사했다.

불덩이가 터지고 뇌전이 내리쳤다.

독가스가 그들을 집어삼키는가 하면, 진공의 날이 날아들었고, 돌창이 사위에서 쏟아졌다.

하지만 아스크는 다크 마나를 보호막처럼 몸 주변에 두르는 것만으로 그 마법들을 전부 막아냈다.

보호막 안에 있던 시긴 역시 작은 상처 하나 입지 않았다.

마법사들의 마법이 잠시 끊긴 그 순간, 아스크가 눈을 희번득거렸다.

"다 끝났냐!"

보호막 형태의 다크 마나가 수백 줄기로 나뉘어져 앞으로 쏘아졌다.

푸푸푸푸푸푸푹!

눈 깜짝할 새 뻗어나간 다크 마나가 어둠의 사자 수십 명의 몸을 벌집으로 만들어 놓았다.

막고 자시고 할 틈도 없이 어둠의 사자들은 죽음을 맞이했다.

첫 번째 공격에 당하지 않은 어둠의 사자들 중 반은 보호 마법을 시전했고, 나머지 반은 다시 공격 마법을 시전했다.

그 순간 시긴과 아스크가 갑자기 사라졌다.

두 사람 다 블링크 마법을 시전한 것이다.

어둠의 사자들 뒤에서 나타난 두 사람이 본격적으로 마법의 힘을 사용했다.

"라그나 블라스트."

아스크가 나직이 7서클 화염 마법을 시전했다.

어둠의 사자들이 서 있는 대지에 역오망성이 그려지더니 초고온의 화염이 치솟아 올랐다.

어둠의 사자들은 도망치려 했지만, 그건 불가능한 일이었다.

"홀딩, 사일런스."

시긴이 속박 마법과 침묵 마법을 시전한 것이다.

속박 마법 때문에 몸을 움직일 수 없었고, 말을 못하니 마법을 시전할 수도 없었다.

결국.

"⋯⋯!"

"⋯⋯!"

"⋯⋯!"

백여 명 가까이 되는 어둠의 사자들이 비명도 지르지 못한 채 타죽고 말았다.

이제 남은 어둠의 사자들은 오십 명 정도.

처음 왔던 규모의 사분의 삼이 그 짧은 순간 죽고 만 것이다.

다른 어둠의 사자들은 이제 아스크에게 두려움을 느꼈다.

하지만 보레아스는 여전히 여유로웠다.

"역시 대단하시군, 아스크. 더 해보지 그래? 하는 김에 다 죽이는 거야, 전부 다!"

보레아스가 아스크를 도발했다.

그에 아스크가 크게 웃어젖혔다.

"크하하하하하하! 그래? 죽는 게 소원이라는데 그렇게 해줘야지!"

아스크가 마법을 시전하려 했다.

한데 보레아스의 태도가 신경 쓰였던 시긴이 이를 막으려 들었다.

"아스크님! 진정하십시오!"

그러나 아스크에겐 시긴의 말이 들리지 않았다.

"썬더 스톰!"

그의 입에서 시전어가 나오자마자 어마어마한 전기의 폭풍이 일어 어둠의 사자들을 모조리 집어삼켰다.

"크아악!"

"아악!"

어둠의 사자들은 단말마의 비명과 함께 저세상 사람이 되었다.

보레아스도 예외는 아니었다.

"버러지 같은 것들이."

아스크는 죽어 넘어진 199개의 시체를 보며 침을 탁 뱉었다.

그런데 그때.

보레아스의 시체가 눈을 번쩍 떴다.

동시에 주변에 있던 모든 시체들이 그의 몸에 달라붙었다.

서로서로 달라붙은 시체들의 살이 섞이고 뼈가 섞였다.

그러더니 하나의 거대한 거인으로 변했다.

거인의 몸에선 시취가 지독했고, 피부는 군데군데 흘러내리고 있었으며, 입에서 초록색의 가스가 뿜어져 나왔다.

그 거인을 가만히 바라보던 시긴이 탄식하듯 말했다.

"…데스 더미."

"데스 더미? 아아… 책에서 읽은 적 있지. 악령이었나? 시체를 흡수하면서 힘을 키운다는."

"맞습니다."

"근데 그놈이 왜 나타난 거야? 어디 사령술사가 숨어 있기라도 하나?"

"그런 것 같진 않습니다. 일단은 조심하십시오. 무려 200구 가까이 되는 시체를 먹은 놈입니다. 결코 호락호락하지 않을 것입니다."

"웃기는 소리!"

"크와아아아아아앙!"

아스크와 데스 더미가 동시에 소리쳤다.

그리고 두 번째 싸움이 시작되었다.

*　　　*　　　*

싸움을 시작한 지 한 시간이 넘어가고 있었다.

데스 더미는 가공할 힘을 자랑했다.

게다가 마법도 잘 먹히지 않았다.

결국 아스크는 마갑 오테른을 입고 싸웠다.

시긴은 아크스의 뒤에서 계속 전투 보조 마법을 시전해 주었다.

그럼에도 아스크는 데스 더미를 쉽게 제압하지 못했다.

아니, 시간이 흐를수록 점점 제압당하고 있었다.

문제는 데스 더미의 입에서 나오는 초록색 가스에 있었다.

그 가스는 순식간에 반경 1킬로미터까지 퍼져 나간다. 그리고 가스에 닿는 모든 것들의 생체 에너지를 저하시켜 버리는 것이다.

데스 더미에게 마법이 잘 먹히지 않았던 게 아니다.

아스크 본인의 생체 에너지가 떨어져 다크 마나가 감소되면서 마법의 위력도 감소된 것이다.

마갑 오테른을 입었어도 이미 가스에 노출된 그의 신체는 계속 약화되었다.

사실 데스 더미는 초록색 가스 같은 것을 뱉지 않는다.

그것은 보레아스를 버닝 소울 키메라로 만들 때 자메인과 로스턴이 집어넣었던 새로운 능력이다.

그렇다 보니 가스에 대해 전혀 몰랐던 시긴과 아스크가 위기에 처한 것이다.

그게 아니었다면 벌써 데스 더미의 목이 바닥을 구르고 있었을 것이다.

계속 지쳐가다가 힘이 완전히 빠져버린 아스크와 시긴이 숨까지 헐떡이며 비틀거렸다.

그런 두 사람의 정수리 위로 데스 더미의 주먹이 작렬하려는 순간!

서걱!

어디서 나타난 건지 모를 검사가 데스 더미의 몸을 세로로 잘라 정확히 양등분했다.

마스터급의 오러가 실린 롱소드에 잘려버린 데스 더미는

그대로 죽음을 맞았다.

기가 막힐 만큼 싱거웠다.

아스크도 시긴도 허무해서 말이 안 나왔다.

하지만 확실한 건 데스 더미가 약해서 진 게 아니라는 것이다.

아스크와 시긴을 구해준 검사가 어마어마하게 강했다.

검사가 위기에 처했던 두 사람을 슥 돌아보았다.

순간 아스크의 눈이 튀어나올 듯 커졌다.

그 얼굴은 어디서 많이 봤던 얼굴이었다.

바로 지금 자신이 만나러 가려 하는 사람!

"아르디엔!"

아스크가 그의 이름을 불렀다.

하지만 아르디엔이라 생각했던 사람은 고개를 저었다.

"난 아르디엔이 아니야. 하지만… 아주 긴밀한 관계에 놓인 사람이긴 하지? 음… 뭐 아르디엔이랑 같이 있을 생각인가? 그럼 조만간 다시 만나게 될 거야. 궁금증은 그때 해결하는 걸로."

검사는 눈썹을 두어 번 튕기더니 바람처럼 사라졌다.

"시긴."

"네, 아스크님."

"방금 그 인간… 똑같았지?"

"분위기는 정반대였으나 외모는 똑같았습니다."

"게다가 어마어마하게 강했어. …뭐가 어떻게 되어가는 거야?"

갑자기 나타나 데스 더미를 일격에 죽이고서 순식간에 사라진 의문의 사내.

그의 정체가 무언지 도통 알 수 없었다.

*　　　*　　　*

십존과의 전투 이후 한 달 하고도 보름이 흘렀다.

한창 가을바람이 시원한 10월 초순.

하멜 후작가는 그동안 큰 경사가 두 번 일어났다.

알버트와 라미안이 연애를 시작했고, 마렉은 밀레나와 함께 살림을 차렸다.

마렉 커플은 내년 봄 식을 올리기로 했다.

하멜 후작가의 사람들과 하멜 용병단원들, 그리고 아르디엔은 그들의 결정을 진심으로 축하해 주었다.

*　　　*　　　*

유난히 어둠이 짙게 내린 밤.

아르디엔은 발코니에서 정원을 내려다보고 있었다.

그것은 아르디엔의 하루 일과 중 하나였다.

밤이 되면 한 동안 발코니에 서서 이런저런 생각을 정리했다.

아르디엔이 다시 방으로 들어가려고 몸을 돌렸다.

그런데 인기척이 느껴졌다.

은밀한 움직임을 보이며 두 사람이 정원으로 들어섰다.

철문을 지키는 경비병들은 침입자의 존재조차 알아채지 못했다.

아르디엔이 발코니에서 훌쩍 뛰어내렸다.

그러자 익숙한 얼굴들이 다가왔다.

마도국 게르갈드의 왕자 아스크와 그의 호위기사 시긴이었다.

아스크는 아르디엔을 차가운 미소를 지어 보였다.

"잘 지냈어?"

"무슨 일로 찾아왔지?"

아르디엔이 물었다.

"빚지고는 못 사는 성미라서. 갚아주려고 왔지!"

아스크가 소리쳤다. 그의 몸에서 검은 마기가 분출되어 일렁였다.

그제야 침입자의 존재를 발견한 병사와 기사들이 우르르

몰려들었다. 일제히 검을 뽑아들고 아스크와 시긴을 겨누었다.

"다들 물러가."

아스크가 그들에게 명했다.

병사와 기사들은 기사단장 페스토치의 눈치를 보며 망설였다.

페스토치는 고개를 끄덕이고서 먼저 검을 거두었다.

이제 다른 이들도 검을 거두고서 자신이 있어야 할 자리로 돌아갔다.

벌컥!

그때 저택의 문이 거칠게 열리며 제피아가 뛰쳐나왔다.

아르디엔의 곁에 선 그가 아스크를 애틋한 시선으로 바라보았다.

"아스크."

시긴이 제피아에게 고개를 숙였다.

"제피아님을 뵙습니다."

"시긴, 오래간만이구나."

"실은 좀 더 일찍 찾아뵈려 했습니다만 여건이 되지 않았습니다."

자신을 찾아오려 했었다는 말에 무언가를 짐작한 제피아가 고개를 끄덕였다.

"루틴을 떠나기로 했구나."

"그렇습니다."

제피아는 아스크에게 물었다.

"아스크, 너도 시간의 의견에 동의한 것이냐."

"내가 먼저 그러자고 했습니다."

"무엇 때문에 그런 생각을 했느냐?"

아스크가 피식 웃었다.

"루틴의 더러운 성미 맞춰주는 것도 짜증나고, 그놈이 절대권력을 손에 넣으려 하는 것도 기분 나쁘고… 무엇보다 내 친아버지가 아니라는 걸 알아버려서 상종 못하겠더군요."

제피아가 놀라서 시간을 바라보았다. 그가 고개를 끄덕였다.

"진실을 알았구나."

아스크의 고개가 아래위로 끄덕여졌다.

제피아의 가슴이 미친 듯이 요동쳤다.

그동안 어쩔 수 없이 자신의 아들을 등지고 살아야 했다.

하지만 이제 아스크는 모든 것을 알았고 제 발로 자신에게 찾아왔다.

더 이상은 진실을 감추며 살지 않아도 되는 것이다.

"그렇다고 당장 그쪽을 아버지라고 부를 수는 없을 것 같고. 시간이 필요할 것 같네요."

"이해한다."

아무렴 어떤가.

그저 이렇게 자신에게 찾아와 준 것만으로도 제피아는 가슴이 벅찼다.

"그건 그렇고."

아스크의 시선이 다시 아르디엔에게 향했다.

"우리끼리 풀 건 풀어야지."

"얼마든지 받아주마."

아스크가 검은 마기를 흘리며 달려들려 했다.

그러자 시긴이 그의 앞을 가로막았다.

제피아도 아르디엔의 앞으로 나섰다.

"비켜."

아스크가 서슬 퍼렇게 말했다.

"죄송하지만 그 명령은 들을 수 없습니다."

시긴이 단도하게 대답했다.

"죽고 싶어, 시긴?"

"이러려고 여기에 온 것이 아니잖습니까."

"비키라고 했지!"

아스크가 소리를 질렀다.

그에 제피아가 끼어들었다.

"아스크. 필시 넌 루틴을 무너뜨리기 위해 날 찾아왔겠지.

그렇다면 무의미한 싸움은 그만두거라."

"뭐야? 벌써부터 아비 노릇 하려는 겁니까?'

"그런 게 아니다. 큰일을 도모하러 왔다면 개인적인 감정은 접어두라는 얘기다. 지금 네게 가장 중요한 것이 무엇이냐? 하멜 후작에게 품은 앙심이냐? 아니면 루틴을 왕좌에서 끌어내리는 것이냐."

"아스크님. 제피아님의 말씀을 들으십시오. 우리에겐 시간이 많지 않습니다."

"…칫."

아스크가 마기를 거두었다.

비로소 상황이 진정되자 시긴이 아르디엔을 보며 말했다.

"하멜 후작. 본론부터 얘기하겠소. 우리가 그대를 찾아온 이유는 제피아님께서 말씀했듯이 루틴을 무너뜨리기 위해 손을 잡기 위함이오."

"내가 왜 너희와 손을 잡아야 하지?'

"루틴은 그라함 왕국과 전쟁을 벌이려 하고 있소."

"뭣이!'

제피아가 놀라 소리쳤다.

하지만 아르디엔은 별다른 반응을 보이지 않았다.

시긴이 그런 아르디엔의 눈치를 살피며 계속해서 말을 이었다.

"아티모르를 꺾은 그대라면 필시 마도국과의 전쟁이 두렵지 않겠지. 하지만 마도국은 대단히 위험한 무기를 가지고 있소."

그 위험한 무기가 무엇인지 제피아는 익히 짐작할 수 있었다.

"설마… 본 드래곤이 깨어났느냐?"

"네. 이제 한 달이 지나기 전에 활동할 수 있게 될 것입니다. 전쟁은 그때 일어나겠지요."

"본 드래곤?"

아르디엔에겐 본 드래곤이라는 것이 생소했다.

제피아가 그에게 설명을 해주었다.

"본 드래곤은 오래전 마왕을 다른 차원으로 보내버리며 죽음을 맞은 드래곤의 시체를 이용해 만든 몬스터입니다. 마도국의 흑마법사들은 본 드래곤을 만들기 위해 대를 이어가며 오랜 시간 공을 들였습니다. 그 본 드래곤이 이제 깨어나려 하고 있다는 겁니다."

"본 드래곤이 그렇게 무서운 무기인가?"

"마왕을 이겼던 존재가 드래곤입니다. 물론 본 드래곤으로 부활한다면 생전의 힘을 모두 발휘하지는 못하겠지만, 그대로도 결코 무시할 수 없을 겁니다."

시간이 제피아의 말을 이어 받았다.

"제피아님의 말대로요. 자네가 아티모르를 이겼다는 건 나도 잘 알고 있지만, 본 드래곤은 그 이상으로 강하오. 사람의 힘으로 어찌할 수 없는 존재지. 한데 루틴은 그 본 드래곤을 제 마음대로 부릴 수 있게 될 것이고, 그것은 곧 어마어마한 재앙을 불러오게 될 것이오."

뭔가 좀 이상했다.

아르디엔이 알고 있는 전생에서 마도국이 본 드래곤을 깨우는 일은 벌어지지 않았다.

'또 한 번 미래가 바뀌었거나 아니면······.'

전생에서도 똑같은 일이 벌어졌지만 마도국에서 본 드래곤의 존재를 감췄을지도 모른다.

"그래서 같이 손을 잡아 마도국과 싸우자는 건가."

"그렇소."

"건방지군."

아르디엔이 한마디가 제피아와 시긴의 가슴을 철렁하게 만들었다.

아스크는 분노가 끓어올라 주먹을 쥐락펴락했다.

"뭐가 건방지다는 건데?"

아스크가 물었다.

"손을 잡자고? 국가 간의 전쟁이 일어나는데 너희들이 힘을 보탠다고 해서 얼마나 도움이 될까? 난 크게 도움이 되지 않을 거라고 본다."

사실 따지고 보자면 어마어마한 도움이 된다.

아스크는 7서클의 흑마법사고 시긴도 6서클의 흑마법사다.

마법사들은 전쟁시 어마어마한 전투력을 발휘한다.

그들의 마법 한 번에 수백 명의 목숨이 왔다 갔다 한다.

3, 4서클의 수준에만 올라도 상당한 힘이 되는 것이 마법산데, 아스크와 시긴은 그 수준을 훨씬 웃돈다.

그럼에도 불구하고 아르디엔은 그들이 크게 도움이 되지 않는다고 말했다.

반신의 경지에 이른 그의 시각에서 보자면 맞는 말이지만, 상식적으로는 이해 못할 발언이었다.

시긴이 고개를 저었다.

"그건 괴변이오."

"괴변은 너희가 늘어놓고 있어. 확실하게 상황을 따져볼까? 너희는 단 둘이서 루틴을 이길 수 없을 거라 판단했고, 힘이 필요하기에 날 찾아왔다. 그렇다면 손을 잡자고 말하는 게 아니라 힘을 빌려달라고 해야 하는 것 아닌가?"

"진짜 짜증나네."

참고 있던 아스크가 한마디 했다.

하지만 시긴은 아르디엔의 말을 수긍했다.

"…그대의 말이 맞소. 내 생각이 짧았소. 다시 얘기하리다. 우리에게 힘을 빌려주시오."

아르디엔이 잠시 침묵을 지키다가 천천히 입을 열었다.

"썩 마음에 들진 않지만… 내 사람의 핏줄이니 모른 척할 수가 없군. 그렇게 하겠다."

아르디엔의 허락에 제피아와 시긴의 얼굴이 밝아졌다.

"단. 루틴을 몰아내고 아스크가 왕좌에 앉게 되면, 마도국을 반드시 개혁시켜야 한다."

"개혁?"

아스크가 고개를 삐딱하게 꺾고 물었다.

"게르갈드는 지금의 이그드라엘 대륙에 아무런 도움이 안 되는 나라다. 괜히 대륙 공적으로 낙인 찍힌 게 아니다. 나 역시도 마도국은 사라지는 게 낫다는 생각을 한다. 마도국의 흑마법사들에게 피해를 입은 이들이 한둘인가? 너희들은 철저하게 약육강식의 논리에 따라 행동하며 모든 범죄를 저지르고 있다. 만약 네가 왕좌에 앉고서도 마도국이 변하지 않는다면, 내가 마도국을 없애버리겠다."

광오하고 오만한 얘기였다.

한 개인이 국가를 없애버리겠다니?

하지만 전혀 허언으로 다가오지 않았다.

아르디엔이라면 충분히 그럴 수 있을 거라는 생각이 들

었다.

아스크가 사납게 미소 지었다.

"그거 재미있군."

"쉽지 않은 일이며, 개혁이 빠르게 이뤄질 것이라 생각하지도 않는다. 하지만 노력해라. 그것이 내가 힘을 빌려주는 조건이다."

"생각해 보지."

아스크는 확답을 주지 않았다.

하지만 상관없었다.

아스크가 왕좌를 차지하고서도 개혁되지 않는다면 그때가서 마도국을 짓밟으면 그만이니까.

"그보다 너! 데스 더미 잡아 죽인 적 없냐?"

"무슨 소리지?"

아르디엔이 고개를 갸웃거렸다.

아스크가 보니 정말로 모르는 눈치였다.

"…아니다."

지금은 심적으로 좋지 않아 이 말 저 말 더 섞기가 싫어 입을 다무는 아스크였다.

아르디엔은 저택으로 들어갔다.

이제 정원에는 제피아와 아스크, 시긴 만이 남아 있었다.

제피아가 아스크에게 가까이 다가갔다.

그가 아들의 얼굴을 찬찬히 살폈다.

"고생 많았다, 아스크."

"아르디엔 저 자식 하는 꼬라지를 보니까 앞으로가 더 고생일 것 같네요."

제피아는 쓴웃음을 지었다. 그리고 시긴의 어깨를 두들겼다.

"너도 고생 많았다."

"제피아님께서 더 고생하셨습니다."

대화는 거기에서 끊겼고 어색한 기류가 흘렀다.

무슨 말을 해야 할까 고민하던 제피아가 문득 아스크에게 물었다.

"술은 좋아하냐."

"술이랑 여자가 없으면 못삽니다."

"잘됐구나. 한잔하러 가겠느냐?"

"좋은 곳으로 안내하시죠."

고개를 끄덕인 제피아가 앞장서서 걸었다.

그 뒤를 아스크와 시긴이 따랐다.

참으로 오랜 시간이 흘러 이루어진 부자 간의 재회는 제피아의 눈에 눈물이 고이도록 만들었다.

Chapter 13
전쟁 선포

아르덴 전기

마도국 게르갈드의 국왕 루틴 니플헤임은 그라함 왕국과의 전쟁을 선포했다.

그는 흑마법사 5만으로 이루어진 마법사단과 병장기를 다루는 7만의 용병단, 또 10만의 키메라 군단을 이끌고 전쟁길에 올랐다. 22만의 대군은 그라함 왕국을 향해 무섭게 달려갔다.

그들의 걸음이 닿는 곳 마다 대지가 격동했다.

마도국의 전쟁선포령은 빠르게 퍼져 나갔다.

이그드라엘 대륙의 국가들은 이번 기회에 힘을 합쳐 마도국을 쳐야 한다고 목소리를 높였다.

루틴 역시 이런 상황을 예상 못한 건 아니었다.

하지만 그는 본 드래곤의 힘을 맹신했다.

타국이 그라함 왕국을 돕는다 해도, 지지 않을 거라는 자신이 있었다.

그 옛날 드래곤은 자신을 해하려 했던 거대한 왕국을 하루아침에 폐허로 만들었을 정도로 무서운 존재였다.

인간의 힘으로는 도저히 대적할 수 없는, 신과 가장 가까운 생명체가 드래곤이었다.

감히 누가 본 드래곤을 상대하겠는가?

얼마든지 자신에게 칼을 겨눠도 좋았다.

한데, 주변국들은 그라함 왕국에 힘을 빌려줄 수 없었다.

가르테아 제국이 두 나라 간의 전쟁에 일절 개입하지 말라 엄포를 놓았기 때문이다.

가르테아 제국은 이그드라엘 대륙의 삼대강국 중에서도 가장 큰 힘을 가진 나라다.

그런 제국의 말을 무시할 수 있는 간 큰 나라는 없었다.

결국 게르갈드의 병사들은 어떠한 방해도 받지 않고 그라함 왕국의 영토로 진격하게 되었다.

앞장서서 대군을 이끄는 루틴 니플헤임의 머리 위로 본 드래곤이 날개짓하고 있었다.

　마도국의 진격은 빨랐다.

　그들은 늘 임전태세를 갖추고 있었다.

　대륙공적으로 선포된 국가이다 보니, 언제 어느 때 침략을 받을지 모르기 때문이다.

　해서 전쟁을 준비해 그라함 왕국으로 밀고 들어오는 시간도 빨랐다.

　그라함 왕국은 상대적으로 전쟁에 대비할 시간이 짧았다.

　게다가 얼마 전까지 내란을 겪었기에 병사들도 많이 줄어 있는 상황이었다.

　이에 말레스 페나트리앙 국왕은 각 지역을 방어할 최소한의 병력만을 남겨둔 채, 모든 병사들을 마레타히트로 집결시켰다.

　마레타히트는 그라함 왕국의 서쪽 국경 관문이었다.

　마도국은 그라함 왕국의 서쪽에 위치해 있다.

　그들은 다른 수작을 부리지 않고 마레타히트를 향해 빠르게 다가오는 중이었다.

　이미 정찰군의 정보로 이를 알고 있던 터인지라 말레스 국왕은 마레타히트를 사수하기로 한 것이다.

　해서 전국의 내로라하는 귀족들도 하나둘 마레타히트를 향해 몰려들었다.

그중엔 삼대성군으로 불리는 레이먼 스트라이더 백작, 칼토르 라피엔 후작, 리호른 니르비 백작도 있었다.

*　　　　*　　　　*

아르디엔도 국왕의 명을 받아 마레타히트로 향하는 중이었다.

하멜 백작가에는 최소한의 사병과 기사들만 남겨 놓았다.

나머지 병력은 모두 동원해서 행군을 시작했다.

장수급 사람들 중엔 케이아스, 마렉, 마리엘, 크라임, 제피아, 아스크, 라미안이 동행했고 디스토와 페스토치, 시긴이 저택에 남았다.

아로아는 아르디엔의 안녕을 기원했다.

레나는 케이아스가 무사히 돌아올 것이라 믿어 의심치 않았다. 알버트는 부디 라미안에게 악테르사 신의 가호가 함께하길 바랐다.

세 사람은 오히려 전장으로 간 마리엘과 크라임이 부러웠다.

*　　　　*　　　　*

하멜 백작가의 병력이 마레타히트에 도착했다.

그러자 먼저 도착해 기다리고 있던 삼대성군들이 나와 아르디엔을 반겨주었다.

"잘 지냈는가, 하멜 후작."

칼토르 후작이 가장 먼저 인사를 건넸다.

"네. 신경 써 주시는 덕분에 잘 지내고 있습니다."

"안색이 좋은 걸 보니 그런 것 같군요."

레이먼 백작이 농을 걸어왔다.

아르디엔 그에게 미소 지었다.

"오래간만입니다, 레이먼 백작님."

"알버트는 여전히 사고만 치고 다닙니까?"

"이제 헬레나 영지는 영주님 없으면 안 됩니다. 그만큼 소중한 사람이 되었습니다."

"맡은 바 소임을 다하고 있나 보군요. 다행입니다."

마지막으로 리호른 백작이 인사를 건네 왔다.

"갈수록 미모가 빛을 발하는 것 같습니다?"

"리호른 백작님의 신수도 훤하십니다."

"하하하하하하! 그렇습니까? 어떻데, 우리 라미안은 잘 지내고 있습니까?"

"함께 왔습니다."

"라미안이요?"

리호른 백작은 반갑기도 하면서 불안하기도 한 얼굴이 되었다.

자식같이 생각하는 라미안을 만나는 건 좋지만, 그녀가 전쟁에 참여하는 건 영 불안했기 때문이다.

하지만 라미안이 저 멀리서 만면 가득 미소를 머금고 다가오는 걸 봤을 때 지금은 일단 불안을 잠시 잊는 게 좋겠다는 생각이 들었다.

"리호른 백작님~!"

"라미안!"

두 사람이 얼싸안았다.

리호른 백작은 눈물이 그렁그렁 해서 라미안의 등을 계속 쓰다듬었다.

"그래, 그동안 잘 지냈느냐?"

"네. 백작님께서는요?"

"나야 늘 잘 지내고 있지! 늘 네가 걱정이란다."

"하멜 백작님께서 신경 써 주시는 덕분에 괜찮아요."

"그렇구나, 그래."

그 대목에서 아르디엔이 불쑥 끼어들었다.

"이제는 나보다 더 챙겨주는 사람이 생겼잖아, 라미안?"

그 말에 리호른 백작은 물론 칼토르 후작과 레이먼 백작의 눈도 휘둥그레졌다.

리호른 백작이 라미안에게 물었다.

"혹… 연인의 정을 나누기로 한 남자라도 생긴 것이냐?"

"…네."

라미안이 부끄러운지 고개를 살짝 숙이며 대답했다.

이번에도 리호른 백작은 두 가지 감정이 교차함을 느꼈다.

기쁘기도 하고 서운하기도 했다.

하지만 라미안에게 좋은 사람이 생겼다는 데 축복을 해주는 것이 우선이었다.

"그거 참 잘됐구나! 그래, 그 남자가 누구더냐? 나도 아는 사람이더냐?"

라미안이 말없이 고개를 끄덕였다.

그러자 리호른 백작이 아르디엔을 바라보았다.

"혹시……?"

"아, 아니에요. 하멜 후작님께서는 정인이 계셔요."

"그럼……?"

라미안이 계속 대답하기를 망설였다.

그러자 아르디엔이 시원하게 말해버렸다.

"알버트 스트라이더 영주님이십니다."

"……!"

순간 그 자리에 있던 모든 이들의 시선이 레이먼 백작에게 향했다.

레이먼 백작은 너무 놀라 턱을 쩍 벌린 채 굳어 버렸다.

"내, 내가 지금 제대로 들은 겁니까?"

리호른 백작이 더듬거리며 물었다.

아르디엔이 고개를 끄덕였다.

"네. 제대로 들으셨습니다."

"아, 아니 이게 대체 어떻게……."

리호른 백작은 아직도 어안이 벙벙한 모양이었다.

그리고 가장 충격을 받은 레이먼 백작은 여전히 석상처럼 굳은 채였다. 라미안의 연애 소식과 함께 자기 아들의 연애 소식을 들었으니 그럴 만도 했다.

레이먼 백작이 겨우 굳었던 혀를 풀었다.

"그, 그러니까 라미안님의 연애 상대가… 내, 내 아들이란 말이오?"

"네."

"혹시 알버트가 일방적으로 라미안님의 마음을 훔치거나 한 건……."

누구보다 자기 아들을 잘 아는 레이먼이다.

그렇다 보니 혹시 이놈이 잠시잠깐의 바람으로 그녀를 흔들어 놓은 게 아닌가 싶었다.

그러나 라미안은 고개를 절레절레 저었다.

"그렇지 않아요."

라미안의 음성에는 확신이 담겨 있었다.

더불어 아르디엔도 둘의 연애에 크게 신경 쓰지 않는 눈치였다. 그렇다면 알버트가 진짜로 마음을 주었다는 얘기나 마찬가지였다.

　"이것 참… 앞으로 더 친밀한 사이가 될지도 모르겠구려."

　리호른 백작이 레이먼 백작에게 말했다.

　"그렇게만 된다면야 얼마나 좋겠습니까? 우리 가문의 영광이지요."

　"하하하하하!"

　"하하하하하!"

　그 자리에 있던 사람들이 모두 웃음을 터뜨렸다.

　그때, 누군가가 아르디엔에게 다가왔다.

　"이럴 때 아니면 얼굴 볼 수 없는 사이가 된 건가요?"

　상당히 불만 가득한 얘기들을 늘어놓은 사람은 다름 아닌 베르체스 라피엔이었다.

　칼토르 라피엔 후작의 딸이며 천재 정령술사.

　아르디엔이 그녀를 반갑게 맞았다.

　"베르체스, 오래간만이네요."

　"좀 더 격하게 반가워하면 하늘이 무너지나요? 땅이 꺼지나요?"

　"그 독설은 여전하군요."

　"이런 게 무슨 독설이라고. 제 독설 제대로 들려드려요?"

"사양하죠."

픽 웃은 베르체스가 아르엔을 살짝 끌어안았다.

"이렇게 하면 아로아한테 욕먹으려나?"

"알게 된다면."

"욕 조금 먹죠. 보고 싶었어요."

"고마워요."

"내가 들어갈 자리는 전혀 없어 보이지만, 노력은 해볼 생각인데, 어때요?"

"본인이 마음먹은 일을 제가 그만두라 할 수는 없겠죠."

그제야 베르체스는 아르디엔의 품에서 벗어났다.

"요만큼의 빈틈도 없네요. 그래도 마지막의 마지막까지 어떻게 될지 모르는 게 인생이에요."

베르체스는 자기 할 말만 죽 내뱉고서 자리를 떠났다.

그렇게 반가운 사람들과의 인사가 다 끝나고 마레타히트에 밤이 찾아왔다.

그만큼 전쟁의 시기도 더욱 가까워졌다.

『아르디엔 전기』 8권에 계속…

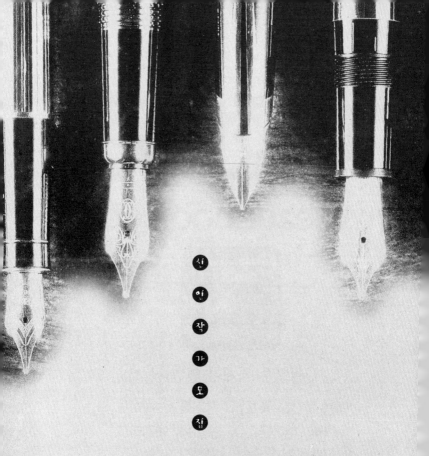

신인작가모집

**시작이 반이라고 했습니다.
작가의 길에 대한 보이지 않는 벽을 과감히 깨뜨리십시오!
청어람은 작가 지망생 여러분들의
멋진 방향타가 되어드리겠습니다.**

저희 도서출판 청어람에서는
소설 신인 작가분들을 모집합니다.
판타지와 무협을 사랑하시는 분들의 많은 참여를 바랍니다.
소정의 원고(A4용지 150매)를 메일이나 우편으로 보내주시면
검토 후 출판 여부를 알려드리겠습니다.

주소 : 경기도 부천시 원미구 심곡2동 163-2 서경B/D 2F 우편번호 420-822
TEL : 032-656-4452 · **FAX** : 032-656-4453
http://www.chungeoram.com
e-mail : chungeoram@chungeoram.com

FUSION FANTASTIC STORY

월문선 장편 소설

화려한 귀환

머나먼 이계의 끝에서
다시 돌아온 남자의 귀환기!

「화려한 귀환」

장점이라고는 없던 열등생으로 태어나,
학교에서 당하는 괴롭힘을 버티지 못하고
자살이라는 극단적인 선택을 하게 된 남자, 현성.

"돌아왔다…… 원래의 세계로!"

이계에서 죽음을 맞이하게 된 현성은
자신을 죽음으로 내몰았던 현실 세계로 돌아오게 된다!

고된 아픔들, 그리웠던 기억들.
모든 것을 되살리며 이제 다시 태어나리라!

좌절을 딛고 일어나 다시 돌아온
한 남자의 화려한 이야기!
이보다 더 '화려한 귀환'은 없다!

Book Publishing CHUNGEORAM

유행이 아닌 자유추구 -
WWW.chungeoram.com

FUSION FANTASTIC STORY
건(建) 장편 소설

컨트롤러
Controller

세상에게 당한 슬픔,
약자를 위해 정의가 되리라!

『컨트롤러』

부모님의 억울한 죽음,
더러운 세상에 희롱당해
무참히 희생당한 고통에 분노한다!

"독하게… 살아가리라!"

우연한 기회를 통해 받은 다른 차원의 힘.
억울함에 사무친 현성의 새로운 무기가 된다.

냉정한 이 세상을 한탄하며,
힘조차 없는 약자를 대변하고자
내가 새로운 정의로 나서겠다!

Book Publishing CHUNGEORAM

유행이 아닌 자유추구 -
WWW.chungeoram.com